図書館版

NHK

100分de名著 読書の学校

池上彰 特別授業

君たちはどう生きるか

吉野源三郎著

一九三七年初版刊行

池上彰 Ikegami Akira 特別授業

『君たちはどう生きるか』もくじ

図書館版 NHK 100分de名著 読書の学校

はじめに——いま、君たちに一番に読んでほしい本

よい本との出合いは、人生の宝物です。知識への扉《とびら》を開いてくれるだけでなく、本を読むことで物語の世界に旅したり、歴史上の人物の波瀾万丈《はらんばんじょう》をいきいきと追体験したりすることもできます。本を読まない人が増えたと言われますが、そういう話を聞くたびに残念な気持ちになります。

一冊の本が、ときに心の支えとなり、あるいは道しるべとなって、人生を大きく変えることもあります。そのときは気づかなくても、豊かな読書体験は、悩《なや》んだり迷ったりしたときに効いてくるものです。

書店や図書館には、一生かかっても読みきれないほどの本が並んでいます。いま、あなたに読んでほしい本を、そのなかから一冊だけ挙げるとしたら——。そう考えて選んだのが『君たちはどう生きるか』です。

この作品が刊行されたのは、一九三七年（昭和十二年）。第二次世界大戦が始まる二年前、いまからちょうど八十年前のことです。作者の名は、吉野源三郎《よしのげんざぶろう》（一八九九〜一九八一）。東京

帝国《ていこく》大学（現・東京大学）で哲学《てつがく》を修め、戦前・戦後を通じて編集者として活躍《かつやく》した人物です。

『君たちはどう生きるか』は、もともと「日本少国民文庫」全十六巻シリーズの一冊として書かれたもので、作者はこのシリーズの編集主任も務めていました。その後、岩波書店に入社して、岩波新書を創刊。戦後は雑誌『世界』初代編集長を務め、岩波少年文庫の創設にも尽力《じんりょく》しました。『世界』に寄稿《きこう》していた学者・知識人と共に市民団体「平和問題談話会」を結成し、反戦運動にも取り組んでいます。

『君たちはどう生きるか』は、こうした活動の、いわば原点とも言える作品です。日本少国民文庫シリーズの配本が始まったのは、一九三五年。その四年前、日本は満州事変《まんしゅうじへん》をきっかけとして、アジア大陸に侵攻《しんこう》をはじめます。日本国内には、戦争へと突《つ》き進む重苦しい空気が広がっていました。軍国主義に異を唱える人はもちろん、リベラルな考え方の人も弾圧《だんあつ》され、作者自身も治安維持法《ちあんいじほう》違反で逮捕《たいほ》されるという経験をしています。

そして一九三七年、『君たちはどう生きるか』の刊行とほぼ時を同じくして、中国大陸で盧《ろ》溝橋《こうきょう》事件が起き、日本は以後八年にわたる日中戦争の泥沼《どろぬま》へと入っていきます。ヨーロッパではドイツにヒトラーが、イタリアにムッソリーニが登場し、人々の暮らしに影《かげ》を落としていました。

そんな時代だからこそ、次代を担う子どもたちには、ヒューマニズムの精神にもとづいて自分の頭で考えることの大切さを伝えたい。すでに言論の自由も、出版の自由もいちじるしく制限されていましたが、偏狭《へんきょう》な国粋《こくすい》主義から子どもたちを守らなければという強い思いから、この本は生まれたのでした。

戦前に書かれたにもかかわらず、この作品は戦後も売れ続けます。むしろ戦後のほうがよく売れたのではないでしょうか。戦時を知らない多くの子どもたちが、この本を手にとり、引き込《こ》まれていきました。かくいう私も、その一人です。

私がこの本と出合ったのは、小学生のとき。珍《めずら》しく父が私に買ってきた本でした。当初は「親に読めと言われた本なんて」と反発していましたが、読んでみると面白く、気がつくと夢中になっていました。

ひと言で言うなら、これは子どもたちに向けた哲学《てつがく》書であり、道徳の書。人として本当に大切なことは何か、自分はどう生きればいいのか。楽しく読み進めながら自然と自分で考えられるよう、いくつもの仕掛《しか》けが秀逸《しゅういつ》にちりばめられています。

物語の主人公は、十五歳《さい》のコペル君。彼《かれ》は学校での出来事や、親戚《しんせき》の若い叔父《おじ》さんとの対話を通して、自分は何を大切にし、どう生きていけばいいかという問いと向き合います。

一方、叔父《おじ》さんは、コペル君に伝えきれなかったことや、考えてほしいことを一冊のノートに書きためていきます。ときにはコペルニクスの地動説やニュートンのリンゴの話を交えながら、またあるときは貧困の問題を掘《ほ》り下げながら、コペル君や読者にたくさんの〝考えるヒント〟をくれます。哲学的《てつがくてき》、道徳的な話ばかりでなく、このノートを読めば、ガンダーラの仏像のエピソードから異文化を受容することの大切さを、また、ナポレオンの人生から歴史の見方を学ぶこともできます。

大人になって読み返しても、そのたびに新たな発見がある『君たちはどう生きるか』という作品を、今回は現代のコペル君世代のみなさんと一緒《いっしょ》に読んでみました。

参加してくれたのは、私立の武蔵《むさし》高等学校中学校の生徒。この作品を題材に特別授業を行い、彼《かれ》らが読んで感じたこと、考えたこと、あるいは疑問に思ったことを入り口として、私の考えや、私なりの〝考えるヒント〟をお話ししました。それをもとに、作品からの抜粋《ばっすい》や解説を加えながらまとめたのが本書です。

ドイツの哲学者《てつがくしゃ》、ショウペンハウエルは著書『読書について』に、こう記しています。

「読書は、他人にものを考えてもらうことである。本を読む我々は、他人の考えた過程を反復的にたどるにすぎない」（岩波文庫、斎藤忍随《さいとうにんずい》訳）

つまり本は、ただ読むだけではダメ、ということです。何より大切なことは、読んだうえで、自分なりに考えてみること。本書をきっかけとして、ぜひ原書の『君たちはどう生きるか』を読んで、みなさんも考えてみてください。

池上　彰

第1講

「豊かさ」について

コペル君の名前の秘密

『君たちはどう生きるか』の主人公は、中学二年生のコペル君です。コペルというのは、彼《かれ》の叔父《おじ》さんがつけたあだ名で、本名は本田潤一《じゅんいち》。彼《かれ》はなぜ、コペル君と呼ばれるようになったのか。冒頭《ぼうとう》の章で、その理由が明かされます。

きっかけは、叔父《おじ》さんと二人で銀座に出かけたときの「へんな経験」でした。霧雨《きりさめ》が降りしきるなか、デパートの屋上から眼下に広がる街を眺《なが》めているうちに、潤一君は不思議な感じがしてきたのです。妙《みょう》なものを見たわけではありません。通りを行き交う車、ビルの群《むれ》、家々の灯《あか》り——。

そのとき彼《かれ》が何を感じ、どんなことを考えたのか。コペル君は大地を埋《う》めつくす数えきれない屋根の下に、自分の知らない何十万、何百万という人間が存在していることを意識し、自分も広い広い世の中の一分子であることを知ったのです。それがとても大事なことだということを、叔父《おじ》さんは見逃《みのが》しませんでした。

今日君が感じたこと、今日君が考えた考え方は、どうして、なかなか深い意味をもっているのだ。それは、天動説《てんどうせつ》から地動説《ちどうせつ》に変わったようなものなのだから。

（一　へんな経験「ものの見方について」）

これを読めばわかりますね。潤一君のあだ名は、地動説を唱えて物議《ぶつぎ》をかもした十五～十六世紀の天文学者コペルニクス*にちなんでつけられたものです。「コペルニクス的転回」という言葉を聞いたことはありますか？　これは十八世紀の哲学者《てつがくしゃ》カント*が使いはじめた言葉です。カントは、人間が自分の外側の世界をどう認識するかということについて、従来の哲学《てつがく》の常識をひっくり返すような理論を打ち出しました。そのことを自ら評して、これはコペルニクス的転回である、と語ったのです。

つまり、太陽が地球のまわりを回っていると信じられていた時代に、実際は地球が太陽のまわりを回っているのだということを明らかにしたコペルニクスのように、自分は画期的な発想の転換《てんかん》をしたのだ、というわけです。ある種の自画自賛《じがじさん》ですね。このことから、物事の見方や考え方が一八〇度変わるような場合に、コペルニクス的転

＊コペルニクス

一四七三～一五四三。ポーランドの聖職者・医者・天文学者。宇宙の中心には不動の地球が位置し、その周りを太陽や星々が回っているという天動説は、古代ギリシャ時代からの定説で、キリスト教世界においてもローマ教皇公認の世界観だった。コペルニクスは教会の聖職者を務めながら夜は天体観測を続け、死去の年に『天球の回転について』を発表した。本人には教会と争う意図はなかったのだが、その新発想はキリスト教の世界観に革命的な大転換《だいてんかん》を迫《せま》るものとなった。

回という言葉が使われるようになりました。

コペル君も、眼前に広がる景色を、普通《ふつう》とは異なる視点でとらえました。だからこそ本人には「へんな経験」と感じられたわけですが、これも一つのコペルニクス的転回でした。

そして、叔父《おじ》さんはノートにこう書いています。

自分たちの地球が宇宙の中心だという考えにかじりついていた間、人類には宇宙の本当のことがわからなかったと同様に、自分ばかりを中心にして、物事を判断してゆくと、世の中の本当のことも、ついに知ることが出来ないでしまう。大きな真理は、そういう人の眼には、決してうつらないのだ。もちろん、日常僕《ぼく》たちは太陽がのぼるとか、沈《しず》むとかいっている。そして、日常のことには、それで一向《いっこう》さしつかえない。しかし、宇宙の大きな真理を知るためには、その考え方を捨てなければならない。それと同じようなことが、世の中のことについてもあるのだ。（同前）

＊カント

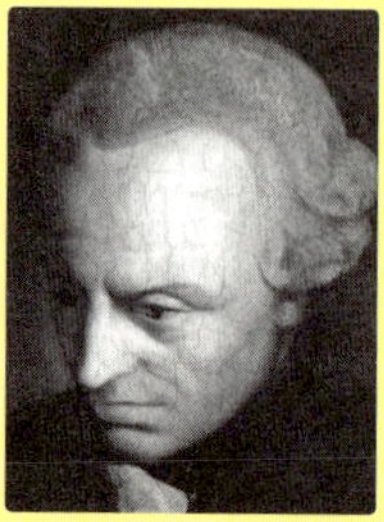

一七二四〜一八〇四。ドイツの哲学者《てつがくしゃ》。ケーニヒスベルクに生まれ、同地の大学教授を務めるなど、生涯《しょうがい》を故郷で過ごした。従来の哲学《てつがく》では、人間が認識する外部の世界を対象としていたのに対し、人間の認識とその限界自体を問い、近代哲学《てつがく》の出発点とした。「コペルニクス的転回」は主著『純粋理性批判《じゅんすいりせいひはん》』のなかで使われた言葉。国際平和・軍縮思想の起源となる『永遠平和のために』も著した。

一緒《いっしょ》にデパートに出かけたときのちょっとした会話を、天文学的な発見や哲学的《てつがくてき》な話に広げ、さらに真理を探究する際の姿勢や心得《こころえ》を説いてくれる叔父《おじ》さん。これはただ者ではないぞ、と期待がふくらみます。

八十年前の中学生はエリートだった

中学二年生のコペル君。年齢《ねんれい》は十五歳《さい》、と書いてあります。「おや、十五歳《さい》なのに中学二年生？」と思った人もいるでしょう。いまであれば中学三年生か高校一年生のはずですね。この時代は数え年なので、生まれたときが一歳《さい》で、新年を迎《むか》えるごとに年齢《ねんれい》が一つ加算されました。

また学校教育の制度も、いまとは異なります。現在は中学校までが義務教育ですが、この作品が書かれた当時は尋常《じんじょう》小学校まで。尋常《じんじょう》小学校、あるいは高等小学校を卒業すると、中学校（旧制中学校）に進学する道が開けました。

しかし中学校の数は少なく、義務教育ではないので、入るには試験を受けなければなりません。まさに〝狭《せま》き門〟。多くの子どもたちは尋常《じんじょう》小学校か、その上の高等小学校で学業を終えていました。かつて総理大臣を務めた田中角栄《かくえい》*も、その一人です。足軽《あしがる》から天下人《てんかびと》に登りつめた豊臣秀吉《とよとみひでよし》のようだということで、「今太閤《いまたいこう》」と騒《さわ》がれたことがありました。

つまりコペル君や、この作品に登場する彼の友だちは、いわばエリート層。旧制中学を卒業し、さらに旧制高校に進むと、これはもうエリート中のエリートです。彼らは無試験で帝国《ていこく》大学に進むことができました。

中学校に進学できるかどうかには、家庭環境《かんきょう》も影響《えいきょう》していました。コペル君は、お父さんを亡くして郊外《こうがい》の小さな家に引っ越《こ》し、「召使《めしつかい》*」の数も減らしたと書かれていますが、それでも家には「ばあやと女中*が一人」います。そういう豊かな家だからこそ、コペル君は勉強に専心することでき、旧制中学校に入ることができたわけです。

気になる叔父《おじ》さんはというと、これまたエリートで、大学を出て間もない法学士。彼《かれ》はコペル君のお母さんの弟で、近所に住んでいます。いつもコペル君のことを心に留め、いつかコペル君に読んでもらうつもりで、いろいろなことをノートに書きため

＊田中角栄

一九一八～九三。第六十四・六十五代内閣総理大臣。高等小学校を卒業後に上京。一九四七年の衆議院議員総選挙で初当選。大臣・党役員を歴任し、五十四歳《さい》で首相就任後まもなく中国との国交を回復する大業績を上げる。一方で、日本列島改造に着手したが土地の買い占《し》め・値上がりを誘発《ゆうはつ》し、第一次石油ショックも重なって狂乱《きょうらん》物価が国民生活を圧迫《あっぱく》、田中の金権政治も追及《ついきゅう》された。さらに七六年、ロッキード事件で逮捕《たいほ》。八三年、受託収賄罪《じゅたくしゅうわいざい》で実刑《じっけい》判決を受けたが、八五年に脳梗塞《のうこうそく》で倒《たお》れるまで政界に絶大な影響力《えいきょうりょく》を与《あた》え続けた。

1935年頃の教育制度と学校種別の在学者数

〔教育制度〕

『日本歴史大事典』第一巻（小学館）の図をもとに作成。年齢は満年齢

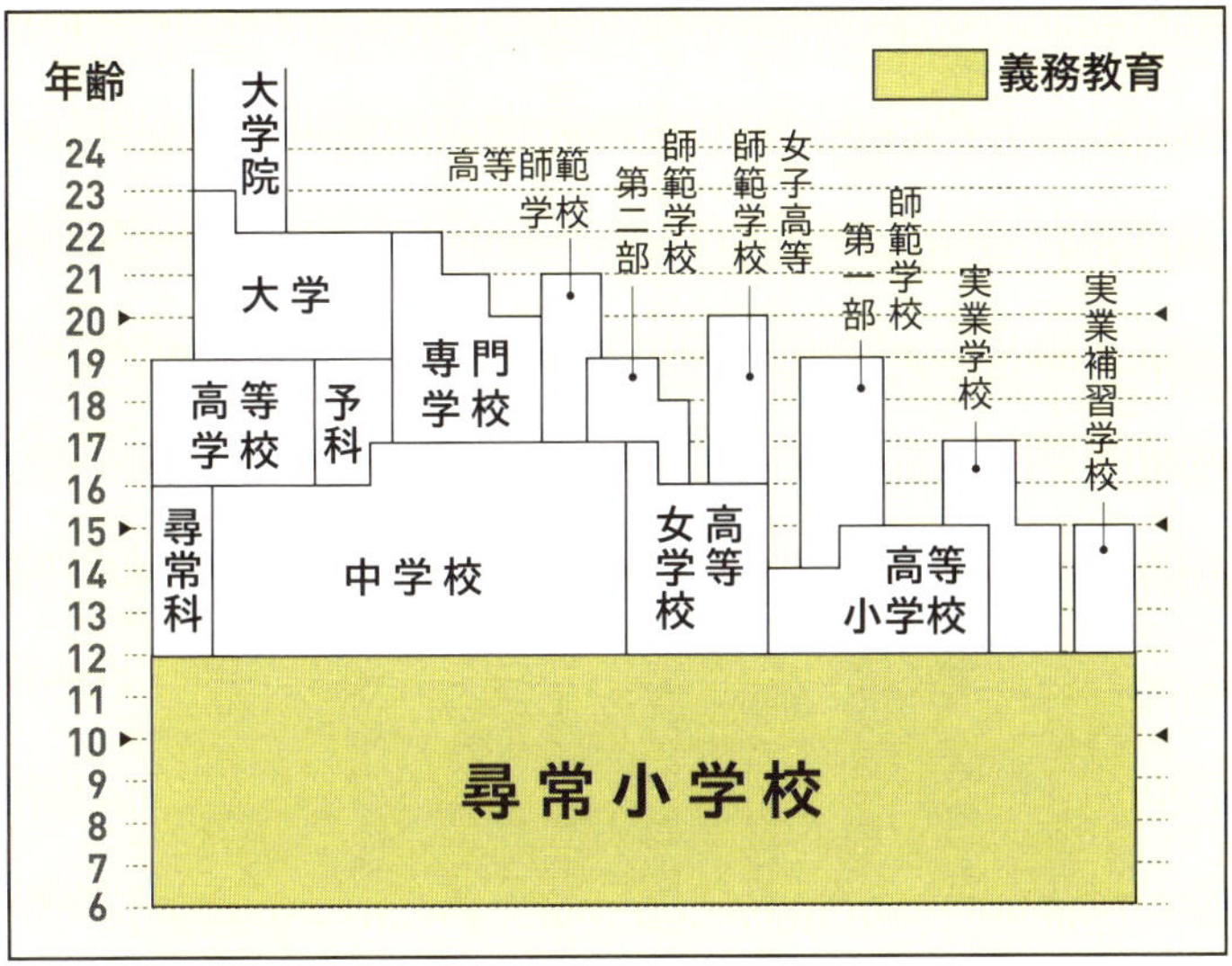

尋常小学校は義務教育六年制で市町村に学校設置の義務が課されたが、それより上級の学校は義務教育ではなく、ほとんどの生徒は尋常小学校卒を最終学歴とした。また、高等小学校は原則二年制だが、三年制とすることも可能で、学校を設置するかどうかは市町村に任され、義務教育ではないので授業料が課された。なお高等小学校から旧制中学校へ進学することもあった。

〔在学者数（1935年）〕

『岩波日本史辞典』（岩波書店）の「旧制 在学者数」の表をもとに作成

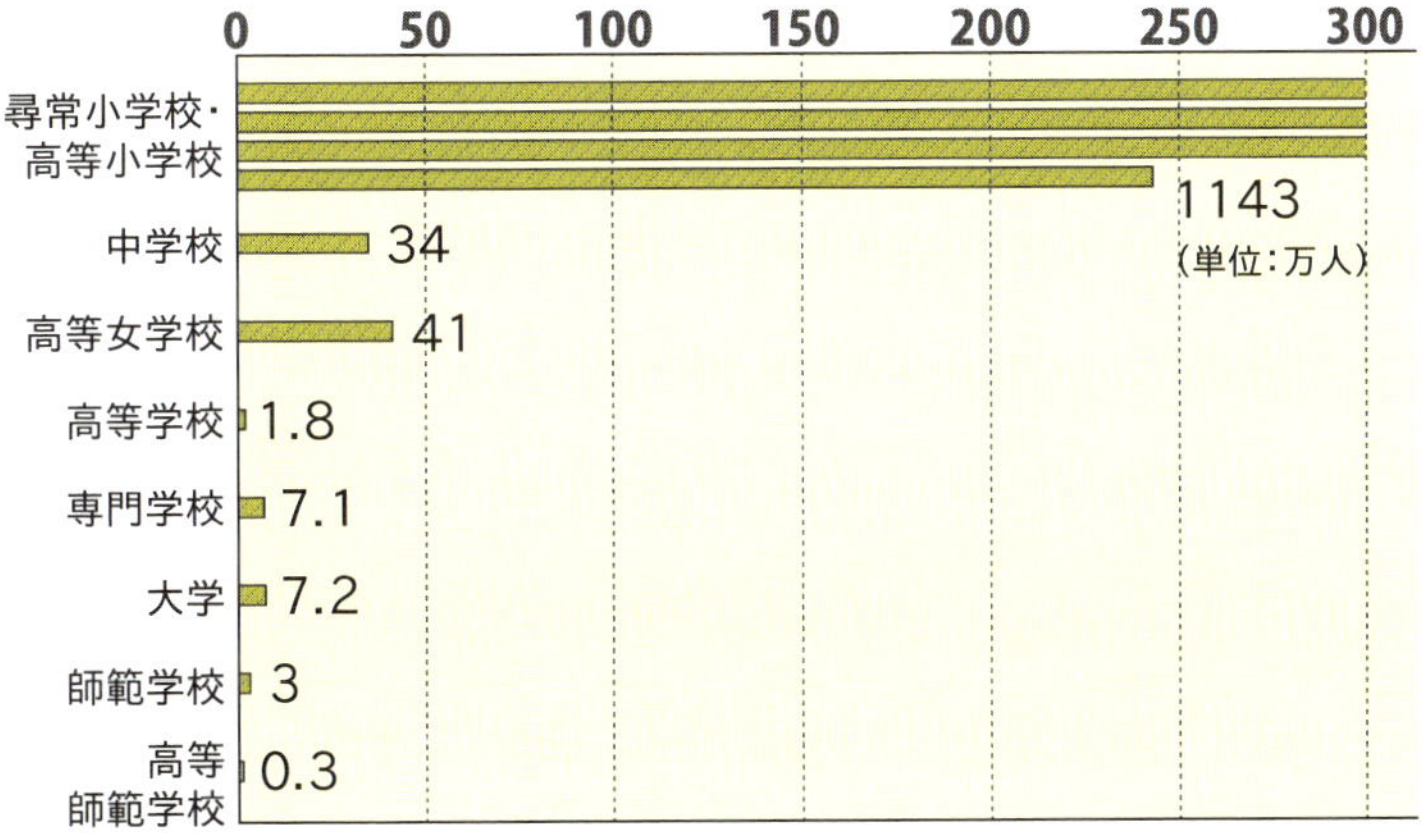

ていますが、コペル君にもエリートになってほしい、と思っているわけではありません。

では、どう考えていたのか。「おじさんのノート」を覗《のぞ》いてみましょう。

もしも君が、学校でこう教えられ、世間でもそれが立派なこととして通っているからといって、ただそれだけで、いわれたとおりに行動し、教えられたとおりに生きてゆこうとするならば、――コペル君、いいか、――それじゃあ、君はいつまでたっても一人前の人間になれないんだ。子供のうちはそれでいい。しかし、もう君の年になると、それだけじゃあダメなんだ。肝心《かんじん》なことは、世間の眼よりも何よりも、君自身がまず、人間の立派さがどこにあるか、それを本当に君の魂《たましい》で知ることだ。そうして、心底《しんそこ》から、立派な人間になりたいという気持を起こすことだ。いいことをいいことだとし、悪いことを悪いことだとし、一つ一つ判断をしてゆくときにも、また、君がいいと判断したことをやってゆくときにも、いつでも、君の胸からわき出て来るいきい

＊召使

日本では、もともとは律令国家の官職で、宮中や太政官などで雑事を担当した下級職員。明治から昭和前期にかけては、家の雑用をさせるために雇《やと》った奉公《ほうこう》人《にん》のことを指すが、現在では使用されなくなった言葉。

＊女中

江戸《えど》時代には将軍家や大名家、公家、商家などに奉公《ほうこう》する女性を指したが、明治から昭和前期の時代は、他人の家に雇《やと》われて住み込《こ》みで炊事《すいじ》・掃除《そうじ》などの用をする女性を指した。特別に裕《ゆう》福《ふく》な家庭だけでなく、中流以上の家庭に「女中」がいるのは珍《めずら》しいことではなく、漱石の作品などにもたびたび登場する。現在では使用されなくなった言葉。

きとした感情に貫《つらぬ》かれていなくてはいけない。（中略）世間には、他人の眼に立派に見えるように、見えるようにと振舞《ふるま》っている人が、ずいぶんある。そういう人は、自分がひとの眼にどう映るかということを一番気にするようになって、本当の自分、ありのままの自分がどんなものかということを、つい、お留守にしてしまうものだ。僕《ぼく》は、君にそんな人になってもらいたくないと思う。

だから、コペル君、繰《く》りかえしていうけれど、君自身が心から感じたことや、しみじみと心を動かされたことを、くれぐれも大切にしなくてはいけない。それを忘れないようにして、その意味をよく考えてゆくようにしたまえ。（二 勇ましき友「真実の経験について」）

貧しい友人と「油揚《あぶらげ》事件」

コペル君には、とりわけ親しくしているクラスメイトが三人います。一人は小学校時代からの友だちで、もの静かな水谷君。もう一人は水谷君とは正反対に、自分が思っていることは、なんでもどしどし言う北見君。彼《かれ》は頑固《がんこ》で手に負えなくなることも多く、クラスメイトから「ガッチン」と呼ばれています。

そして、もう一人が浦川《うらかわ》君です。叔父《おじ》さんからの先のメッセージは、この浦川君をめぐる〝ある事件〟を受けてのものでした。

浦川君は、おとなしくて、学業もスポーツも冴《さ》えないけれど、優しい心の持ち主です。豆腐屋《とうふや》さんの長男で、家業を手伝いながら、幼い妹や弟の面倒《めんどう》もみています。

しかし、前述した通り、旧制中学校の生徒は、いわばエリートの卵。同級生の多くは、有名な実業家や役人、大学教授、弁護士などの子どもたちです。そのなかにあって、彼《かれ》の存在は異色でした。貧しかったのです。心ないクラスメイトは、彼《かれ》を陰《かげ》で「油《あぶら》揚《げ》」と呼んでいました。

ここまでくれば、もうわかりますね。ある事件とは、クラスでのいじめです。事件の顚末《てんまつ》については、ここには記さないことにします。それを明かしてしまうと、読書の醍醐味《だいごみ》が半減してしまいますから。

コペル君と3人の友だち

浦川君は、家業が忙《いそが》しくなると学校を休むこともありました。病気なのではと心配したコペル君は浦川君の家を訪ね、その暮らしぶりを目の当《まあ》たりにします。

その話を聞いた叔父《おじ》さんは、コペル君にこう問いかけます。「君たちと浦川君と、どこが一番大きな相違《そうい》だと思う?」。みなさんも考えてみてください。

すぐに思いつくのは、家庭環境《かんきょう》の違《ちが》いでしょう。経済的・社会的に恵《めぐ》まれているか否《いな》か。しかし、それは家庭の違いであって、浦川君やコペル君の違いではありません。

その日の「おじさんのノート」には、こんなことが書かれています。

人間の本当の値打《ねうち》は、いうまでもなく、その人の着物や住居や食物にあるわけじゃあない。どんなに立派な着物を着、豪勢《ごうせい》な邸《やしき》に住んで見たところで、馬鹿《ばか》な奴《やつ》は馬鹿《ばか》な奴《やつ》、下等な人間は下等な人間で、人間としての値打がそのためにあがりはしないし、高潔な心をもち、立派な見識を持っている人なら、たとえ貧乏《びんぼう》していたってやっぱり尊敬すべき偉《えら》い人だ。（四 貧しき友「人間であるからには」）

浦川君はいじめられていた

貧しい人をさげすんだり、見下したりする人の〝心の貧しさ〟について、叔父《おじ》さんはページを割《さ》き、いつになく強い言葉で綴《つづ》っています。それには理由がありました。

今の世の中で、大多数を占《し》めている人々は貧乏《びんぼう》な人々だからだ。そして、大多数の人々が人間らしい暮しが出来ないでいるということが、僕《ぼく》たちの時代で、何よりも大きな問題となっているからだ。（同前）

そもそも、この世の中に貧困というものがあるために、どれほど痛ましい出来事が生まれて来ているか。どんなに多くの人々が不幸に沈《しず》んでいるか。また、どんなに根深い争いが人間同志の間に生じて来ているか。（同前）

この作品が書かれたのは八十年前。しかし、貧困や格差が社会の大きな問題であることはいまも同じです。

「芸術」は誰《だれ》のためのものか

貧困の問題は、衣食住の問題に留まりません。仕事を選べないため、劣悪《れつあく》な環境《かんきょう》のなかで重労働を強《し》いられたり、体調を崩《くず》しても休めなかったり。叔父《おじ》さんは、貧困が教育や生活の質における格差を生んでいることも指摘《してき》しています。

あの人たちは、日常、どんなにいろいろな不自由を忍《しの》んでゆかなければならないことだろう。何もかも、足らない勝ちの暮しで、病気の手当さえも十分には出来ないんだ。まして、人間の誇《ほこ》りである学芸を修めることも、優れた絵画や音楽を楽しむことも、あの人々には、所詮叶《しょせんかな》わない望みとなっている。（同前）

このことについて、みなさんはどう思いますか？

――金銭的な豊かさと心の豊かさとは別物。しかし実際には、金銭的に貧しいと心の豊かさもなかなか得られないという現実がある。

――教育や芸術が格差を広げる原因になっている気がする。豊かな人は、勉強をしたり芸術を楽しんだりして、ますます豊かになり、そうした経験ができない人は、ますます貧しくなっていく。

――貧しくても心の豊かさは得られるのではないか。古代の聖人君子《せいじんくんし》も、有名な画家や詩人のなかにも、生前は貧しい生活を送っていた人がたくさんいる。

――心を豊かにするのは知識や芸術だけじゃないと思う。風の匂《にお》いから季節を感じたり、道端《みちばた》に咲《さ》く花に心を癒《いや》されたりすることもある。

――芸術や文化は、お金以上に大切なもの。それを、経済的に豊かな人しか楽しめないという状況《じょうきょう》はやはりおかしい。

――お金持ちしか楽しめない芸術は、貧しい人たちの犠牲《ぎせい》の上にある、ある種の自己満足だと思う。

――貧しくて、いい絵の具が買えなかった画家が、のちの時代に再発見され、高く評価されるケースもある。そのためにも、ゆとりのある人が芸術を楽しみ、審美眼《しんびがん》を磨《みが》いたり、パトロンになったりするのは悪いことではないと思う。

いろいろな意見が出ました。芸術は、どうあるべきか。あるいは、芸術をどうとらえるべきか。これは古くから議論されてきたテーマ。いわゆる芸術論です。みなさんの意見や論点も、すでに検討されています。

しかし、同じようなことを考えた先人《せんじん》がいたとしても、自分なりに考えて発言し、仲間と議論できるというのは素晴らしいことです。本を読んだり、インターネットで検索《けんさく》したりすれば、もっと〝それらしい意見〟を言うこともできたでしょう。

誰《だれ》かの意見を、あたかも自分が考えたかのように語っているだけの大人はたくさんいます。でも「おじさんのノート」にもあった通り、何より大切なのは、自分の頭で考えることです。自分で考え、臆《おく》せず発言することを、これからも大切にしてほしいと思います。

話を戻《もど》しましょう。

貧しいからといって、それで引け目を感じることはない、と叔父《おじ》さんは言っています。これは本当に大事なことです。たまたま経済的に貧しいからといって、人間としての誇《ほこ》りを失ってはいけない。

しかし、毎日、毎日、追われるように働いて、やっとの思いで日々なんとか生きている人たちの現実や、そういう人たちが、いまの日本にも決して少なくないことをしっかり知ってほしいと思います。

たとえば、女手《おんなで》一つで子どもを一生懸命《けんめい》育てているシングルマザー。我が子にはちゃんとした教育を受けさせたいと塾《じゅく》に通わせれば、授業料を払《はら》うために、いくつもの仕事を掛《か》け持ちすることになる。そういう厳しい生活をしている女性に、芸術を楽しむゆとりはあるのでしょうか。

とてもそんなゆとりはないだろう、という議論がある一方で、たとえば疲《つか》れ切って家に帰る途中《とちゅう》、ふと、どこからか聞こえてきた音楽に感動することがあるかもしれません。あるいは、たまたま駅のホームで目にした美術展のポスターに心を動かされる、ということもあるでしょう。芸術には、そういう力もある、ということです。

芸術を楽しむ。それは人生の喜びです。それが、ひと握《にぎ》りの人たちだけのものであっていいわけはありません。絵画や音楽には、いろいろなものがあります。高尚《こうしょう》で難解なものばかりが芸術でしょうか。より多くの人が楽しめるような芸術のあり方、新しい形はないのか。あるとしたら、どういうものか。それは、これからみなさんに自分で考えてもらう課題としましょう。

生産する人、消費するだけの人

叔父《おじ》さんは、油揚《あぶらげ》事件から「豊かさ」とは何か、社会のなかの格差について考えることの大切さを説いています。

しかし、話はそこで終わりではありません。浦川君とコペル君たちの相違《そうい》について、もう一つ大切な視点を提示しています。

貧しい境遇《きょうぐう》に育ち、小学校を終えただけで、あとはただからだを働かせて生きて来たという人たちには、大人になっても、君だけの知識をもっていない人が多い。（中略）しかし、見方を変《か》えて見ると、あの人々こそ、この世の中全体を、がっしりとその肩《かた》にかついでいる人たちなんだ。君なんかとは比べものにな

らない立派な人たちなんだ。——考えて見たまえ。世の中の人が生きてゆくために必要なものは、どれ一つとして、人間の労働の産物でないものはないじゃあないか。いや、学芸だの、芸術だのという高尚《こうしょう》な仕事だって、そのために必要なものは、やはり、すべてあの人々が額に汗《あせ》を出して作り出したものだ。あの人々のあの労働なしには、文明もなければ、世の中の進歩もありはしないのだ。

ところで、君自身はどうだろう。君自身は何をつくり出しているだろう。世の中からいろいろなものを受取ってはいるが、逆に世の中に何を与《あた》えているかしら。

（同前）

みなさんは、どうでしょうか。世の中に何か与《あた》えているでしょうか。

生み出してくれる人がなかったら、それを味わったり、楽しんだりして消費することは出来やしない。生み出す働きこそ、人間を人間らしくしてくれるのだ。これは、何も、食物とか衣服とかという品物ばかりのことではない。学問の世界

だって、芸術の世界だって、生み出してゆく人は、それを受取る人々より、はるかに肝心《かんじん》な人なんだ。（同前）

コペル君たちの生活は、いわば〝消費専門〟の生活ですね。みなさんの多くもそうでしょう。一方の浦川君は、ものを生み出す人の側に、もう立派に入っています。生産する人と、消費する人。この点こそが、コペル君たちと浦川君との、一番大きな相違《そうい》なのです。

もちろん、叔父《おじ》さんは、消費専門の生活をしているコペル君を非難しているわけではありません。コペル君もみなさんも、生み出す人になる前の「準備中の人」なのですから、勉強するのも本を読むことも、大切な準備です。

なぜ作者はコペル君を主人公にしたのか

——なぜ作者は、恵《めぐ》まれた家庭に育ち、まだ消費専門のコペル君を主人公にしたの

でしょうか？

いい質問ですね。貧しいけれど、学校に通いながら立派に家業の一翼《いちよく》を担っている浦川君を主人公にしてもよかったのではないか、という意見もあると思います。

しかし、浦川君を主人公にすると、仕事に追われて、デパートの上から街の様子を眺《なが》めて思いをめぐらしたりする余裕《よゆう》はないかもしれない。物語をふくらませていくことが難しかったということもあるでしょう。

作者がコペル君を主人公にした背景には、大人の事情もあったと思います。この作品が書かれたのは、いまから八十年前です。考えてみてください。当時、こういう本を手にとって読むことができる人が、いったい日本国内にどれくらいいたでしょうか。

いまでこそ日本の識字率《しきじりつ》は一〇〇パーセントですが、あの頃《ころ》は読み書きが十分にできない人も、けっこういました。しかも、叔父《おじ》さんが指摘《してき》していた通り、世の中の大多数を占《し》めているのは、貧しい人たち。本を買って読む余裕《よゆう》も、そういう習慣も持てない人たちがたくさんいたわけです。

そういう時代に、物語を通じて何かを伝えたい、これを買って読んでくれるのはどんな人だろうと考えると、やはりコペル君のような恵《めぐ》まれた環境《かんきょう》にいる人たちということになる。ターゲットとなる読者が自分を投影《とうえい》して読めるような人物を主人公に据《す》えたのではないか、と私は考えています。

コペル君のような人たちは、本を読む習慣もあり、物事を考える機会も余裕《よゆう》もある。さらに言えば、考えたことを行動に移し、世の中を変えていってくれるのではないかという期待も込《こ》められていたと思います。

「叔父《おじ》さんのノート」には、こんな一文があります。

いまの君にしっかりとわかっていてもらいたいと思うことは、このような世の中で、君のようになんの妨《さまた》げもなく勉強ができ、自分の才能を思うままに延ばしてゆけるということが、どんなにありがたいことか、ということだ。コペル君！「ありがたい」という言葉によく気をつけて見たまえ。この言葉は、「感謝すべきことだ」とか、「御礼《おれい》をいうだけの値打がある」とかという意味で使われている

ね。しかし、この言葉のもとの意味は、「そうあることがむずかしい」という意味だ。「めったにあることじゃあない」という意味だ。自分の受けている仕合せが、めったにあることじゃあないと思えばこそ、われわれは、それに感謝する気持になる。それで、「ありがたい」という言葉が、「感謝すべきことだ」という意味になり、「ありがとう」といえば、御礼《おれい》の心持をあらわすことになったんだ。ところで、広い世の中を見渡《みわた》して、その上で現在の君をふりかえって見たら、君の現在は、本当に言葉どおり「ありがたい」ことではないだろうか。（同前）

ともすると、人は自分に与《あた》えられていないもの、足りていないものにばかり注目して、文句や不平を言いがちです。本を読む機会や時間があるということも、考えてみれば「ありがたい」こと。

みなさんにも、自分の置かれている状況《じょうきょう》や、受けている幸せにきちんと気づいて、それを生かしてほしいと思います。

第2講

「友だち」について

八十年前の日本

『君たちはどう生きるか』の舞台《ぶたい》は東京です。といっても八十年前の東京ですから、いまとはずいぶん様子が違《ちが》います。

コペル君がデパートの屋上から見下ろした銀座通りには、路面電車が〝のろのろと〟走っていました。都会のど真ん中だというのに、ビルは〝ところどころに〟立つばかりで、その谷間を小さな屋根がびっしり埋《う》め尽《つ》くしています。

文中に東京の「市内」という言葉が出てきますが、これはいまの二十三区内をさしています。当時、東京は「東京市」と「東京府」に分かれていました。二つが合併《がっぺい》して「東京都*」になったのは第二次世界大戦中のことです。銀座通りを走っていたのは「市電」で、いまは一路線のみとなった都電の前身です。

ほかにも、なじみのない言葉がいくつか出てきます。たとえば「省線《しょうせん》電車」。コペル君は省線電車に乗って通学し、友だちの家に遊びに行っています。これは現在のJRです。民営化される前のJRは国鉄（日本国有鉄道）ですね。それ以前は鉄道省と

＊東京都

明治政府は江戸《えど》を首都とするにあたって東京と改称《かいしょう》。一八六八年に旧町《きゅうまち》奉行所《ぶぎょうしょ》の支配地だった狭《せま》い範囲《はんい》が東京府として誕生し、七二年までに現在の二十三区の範囲《はんい》が府域に編入された。八九年には府内に東京市が発足するが、府知事が市長を兼任《けんにん》し、市庁舎も設置されなかった。府知事の市長兼任《けんにん》が廃止《はいし》され、市役所が開庁したのは九八年。その間に三多摩《さんたま》地区が神奈川《かながわ》県から移管されるなど、府域（東京市と八郡）は現在の東京都の範囲《はんい》にまで拡大。第二次世界大戦中の一九四三年に政府は戦時体制の強化を図り、「帝都《ていと》」の行政一元化を進めるため、東京府・東京市を廃止《はいし》して東京都を発足させた。なお、明治政府が江戸《えど》を東京と改称《かいしょう》した時点では、「東京《とうきょう》」ではなく「東京《とうけい》」だった。

いう役所が管轄《かんかつ》していたので、略して省線。駅は「停車場」と呼ばれていました。

コペル君は、デパートに行った帰りに「ニュース映画」*をのぞいたり、家では「火鉢《ひばち》」で暖《だん》をとったり、熱を出すと額《ひたい》に「氷嚢《ひょうのう》」をのせたりしています。こうした描写《びょうしゃ》を読んでもイメージがわかなくて、戸惑《とまど》う人もいるのではないでしょうか。コペル君たちが野球中継《ちゅうけい》を、テレビではなくラジオで楽しんでいるところにも時代が表れています。

時代を感じさせるのは、こうした名称《めいしょう》や暮らしぶりばかりではありません。コペル君が通う学校の上級生のなかに、こんな主張をする人たちが出てきます。

「愛校心のない学生は、社会に出ては、愛国心のない国民になるにちがいない。愛国心のない人間は非国民《ひこくみん》である。だから、愛校心のない学生は、いわば非国民の卵である。われわれは、こういう非国民の卵に制裁《せいさい》を加えなければならぬ。」（五ナポレオンと四人の少年）

＊ニュース映画

ニュースを題材として製作された短編映画の一種。一九〇〇年に北清事変《ほくしんじへん》（清国政府が列強諸国に宣戦布告して始まった戦争）を撮影《さつえい》したのが日本で最初のものとされる。日露《にちろ》戦争や日中戦争・太平洋戦争の時代には特に国民の関心を呼び、ニュース専門の映画館も誕生した。戦後の六〇年代に入ると、各家庭へのテレビの普及《ふきゅう》とともに次第にすたれていった。

愛国心、非国民、制裁――。あの時代、日本のあちこちで聞かれた言葉です。非国民の卵に制裁を、という上級生たちの主張は、のちに大事件へと発展し、コペル君を苦しめることになりました。

その話に入る前に、八十年前の日本はどのような状況《じょうきょう》にあったのか、まずはそこを押《お》さえておきましょう。一九三一年（昭和六年）、満州事変《まんしゅうじへん》*をきっかけとして日本はアジア大陸に侵攻《しんこう》していきます。そして一九三七年七月七日（奇《く》しくも、今回の授業を行った日のちょうど八十年前です）、北京の南西にある盧溝橋《ろこうきょう》で日本軍と中国の国民革命軍が衝突《しょうとつ》。以後八年にわたる日中戦争*の発端《ほったん》となりました。

この作品が世に出たのは、まさに盧溝橋《ろこうきょう》で軍事衝突《しょうとつ》が起きた頃《ころ》です。その四年後、一九四一年十二月八日に日本はハワイ・オアフ島の真珠湾《しんじゅわん》を攻撃《こうげき》し、アメリカやイギリスと戦争に入っていきます。

つまり、日本が戦争の泥沼《どろぬま》にどんどんはまっていくなかで、この作品は生まれたのでした。戦争に反対するような発言や活動はもちろん、小説を読んだり、芝居《しばい》や映画を見に行ったりすることも、次第に憚《はばか》られるようになっていきます。中学生といえ

＊満州事変

日本は、日露《にちろ》戦争で関東州（中国の遼東半島南部）の租借権《そしゃくけん》と南満州（中国の東北部）鉄道の利権を獲得《かくとく》したあと、一九一〇年に大韓帝国《だいかんていこく》を植民地化し、大陸侵攻《しんこう》の拠点《きょてん》を築いた。そして三一年九月十八日、関東軍は柳条湖《りゅうじょうこ》で南満州鉄道の線路を爆破《ばくは》し、中国軍の仕業だとして戦闘《せんとう》を開始。戦線を満州全域に広げ、翌三二年には「満州国」を建国し、大陸侵攻《しんこう》の拠点《きょてん》をさらに拡《かく》充《じゅう》した。

日本の対外戦争関係略年表

明治時代	1894	日清戦争（～95）
	1904	日露《にちろ》戦争（～05）
	1906	南満州鉄道株式会社（満鉄）を設立
	1910	韓国併合《かんこくへいごう》、朝鮮総督府《ちょうせんそうとくふ》を設置
大正時代	1914	第一次世界大戦（～18、日本はドイツに宣戦布告して参戦）
昭和時代	1931	満州事変
	1932	「満州国」建国宣言
	1933	国際連盟を脱退《だったい》
		……●ヒトラーがドイツの政権掌握《しょうあく》
	1936	日独防共協定に調印
	1937	盧溝橋《ろこうきょう》事件、日中全面戦争に発展
	1939	……●独ソが不可侵《ふかしん》条約を締結《ていけつ》
		……●ドイツ軍がポーランドに侵攻《しんこう》（第二次世界大戦〔～45〕）
	1940	仏領インドシナ北部に進駐《しんちゅう》、日独伊三国同盟を締結《ていけつ》
		……●ドイツ軍がパリに無血入城
	1941	日ソ中立条約を締結《ていけつ》、マレー半島に上陸、ハワイ真珠湾《しんじゅわん》を攻撃《こうげき》
		……●ドイツ軍がソ連に侵攻《しんこう》、冬が到来《とうらい》してソ連軍が反攻《はんこう》開始
		……●ドイツ・イタリアがアメリカに宣戦布告
	1942	ミッドウェー海戦で敗北（米軍が反攻《はんこう》開始）
	1945	広島・長崎《ながさき》に原爆《げんばく》投下、ソ連が対日参戦、ポツダム宣言を受諾《じゅだく》（敗戦）

日中戦争が泥沼化し打開の糸口も見つからないなか、日本政府・軍部は、破竹の勢いでヨーロッパ大陸に勢力を拡大するドイツと一九四〇年に軍事同盟（イタリアも参加した三国同盟）を締結、翌四一年にはソ連と中立条約を結んで北方の守りを固めるとアメリカ・イギリスとの戦争を開始し、東南アジアの資源を求めて南進した。緒戦の戦いでは優位に立ったものの、翌四二年から米英中など連合国側の反攻が始まり四五年の敗戦を迎えることとなった。

ども、のんきに遊んだり、ましてやオシャレを楽しんだりするなど、もってのほか。
そんな空気が広がっていました。

本当の友だちとは

さて、上級生が「非国民の卵」と名指しした数人のなかには、コペル君の友だち、北見君も入っていました。北見君は頑固《がんこ》で、曲がったことや卑怯《ひきょう》なことが大嫌《だいきら》い。納得がいかなければ、相手が上級生であっても構わず反論するので「生意気だ」と睨《にら》まれたのです。

コペル君も、水谷君も、浦川《うらかわ》君も、大変心配します。北見君に制裁を加えようとしているのは柔道《じゅうどう》部の副将で、体操の先生より身体が大きい黒川という五年生。組み合えば、北見君に勝ち目はありません。

こんなとき、みなさんならどうしますか?

上級生の理不尽《りふじん》な制裁計画を知ったコペル君たちの会話を聞いてみましょう。

＊日中戦争

一九三七年七月七日に起こった盧溝橋《ろこうきょう》事件は、十一日に現地で休戦協定が結ばれ、いったんは治まるかに見えた。ところが同日、一撃《いちげき》を加えれば華北《かほく》を制圧できるという軍部の判断のもと日本政府は増派を決定し、二十八日、北京・天津《てんしん》への総攻撃《そうこうげき》を開始した。短期決戦で決着できなかったにもかかわらず、翌三八年一月、近衛《このえ》首相は「国民政府を対手《あいて》とせず」という声明を発表して和平の道を自ら閉じてしまい、四五年八月まで続く泥沼《どろぬま》の長期戦を招く結果となった。

「でも、目をつけてる者を一人一人呼んで来て、殴《なぐ》るのかも知れないぜ。僕《ぼく》、そのことを先生に話した方がいいと思うな。」

「ダメだよ。そんなことをすりゃあ、あいつら、なお僕《ぼく》を憎《にく》らしがるよ。そしていいことが見つかったと思って、ほんとに僕《ぼく》を殴《なぐ》るよ。ほっといた方がいいんさ。」

「いや、あぶないよ。」

「ううん、大丈夫《だいじょうぶ》だよ。」（同前）

ここで、水谷君のお姉さんのかつ子さんが会話に加わります。事情を知った彼女《かのじょ》は大いに憤慨《ふんがい》し、「そんな柔術屋《じゅうじゅつや》にへいこらする必要ない」と断じます。

「あぶないったって、それをビクビクして小さくなってるから、なお、そんな乱暴者が威張《いば》るんじゃないの。学校のために腕力《わんりょく》をふるうなんてウソッパチよ。本当に学校のためを思うんだったら、一年生だってなんだって、みんなが学校生活を楽しくやってゆけるようにするはずだわ。その人たち、そ

かつ子さんと4人はある約束をする

んなことよりも、自分たちばかりが正義を守っているると考えるのがうれしいんだわ。うぬぼれてるのよ。北見さん、そんなのに頭をさげちゃあダメよ。」

「ああ、僕《ぼく》、誰《だれ》がなんてったって、降参しやしないよ。」（同前）

かつ子さんの言い分は、もっともです。北見君も、逃《に》げ隠《かく》れする気は、さらさらなさそうです。しかし、他の三人は落ち着きません。北見君を危険から守るには、どうすればよいのか。彼《かれ》らはいろいろ話し合い、浦川君の提案で、ある約束をしました。もし北見君が上級生からいじめを受けたら、みんなで立ち向かおう。北見君が殴《なぐ》られるなら、ほかの三人も一緒《いっしょ》に殴《なぐ》られようじゃないか――。そうなったら私も加勢する、というかつ子さんも含《ふく》めて、四人はしっかりと指切りをします。

一緒《いっしょ》に殴《なぐ》られるなんて、ナンセンスだと思うでしょうか。そもそも、自分の学校には暴力的な上級生はいないし、そんな奴《やつ》がいれば学校が放っておかない、という人もいるかもしれません。

学校でのいじめは、いまもあります。深刻な問題です。しかし当時は、いまとは違《ちが》う意味で深刻でした。

思い出してください。当時の中学校は、ひと握《にぎ》りのエリートが通う学校。生徒の多くは、いわば良家のお坊《ぼっ》ちゃまです。にもかかわらず〝鉄拳《てっけん》制裁〟をする先輩《せんぱい》がいる。気にくわない奴《やつ》がいれば、いきなり殴《なぐ》り倒《たお》し、力でねじ伏《ふ》せるというのが鉄拳《てっけん》制裁です。暴力とは縁遠《えんどお》いように見えるところにも、暴力が横行《おうこう》していたのです。

当時、日本は戦争に国民を総動員するため、言論を厳しく統制し、国の意向に沿わない人たちを、治安維持法《いじほう》*などの法律で取り締《し》まっていました。言うことを聞かない奴《やつ》は、暴力で押《お》さえ込《こ》んでいた。それはおかしい、理不尽《りふじん》だなどと言おうものなら「お前は非国民だ」とレッテルを貼《は》られ、吊《つ》るしあげられた。『君たちはどう生きるか』の作者は、そうした社会の風潮が子どもたちの世界にも蔓延《まんえん》している現実を問題にしているのです。

そんなことを書けば、発禁処分になる可能性もありました。悪くすれば逮捕《たいほ》されるかもしれない。作者の吉野源三郎は、表現に細心の注意を払《はら》いつつ、それなりの覚悟《かくご》をもってこれを書いたということです。それは、作者が別の文脈でコペル君の叔父《おじ》さ

***治安維持法**
一九二五年に制定された、社会運動や思想を取り締《し》まり、処罰《しょばつ》する法律。国体の変革（天皇制反対）や私有財産制度を否定する政治団体（共産党など）をつくったり、加入した者を処罰《しょばつ》する法律。二八年の改定では最高《さいこう》刑《けい》を死刑《しけい》に引き上げ、適用の範《はん》囲《い》を広げて協力者も処罰《しょばつ》の対象とした。さらに四一年の改定では、刑期《けいき》が満了《まんりょう》しても再犯を犯す恐《おそ》れがあるとみなされた者は予防拘束《こうそく》できるなどとされた。吉野源三郎も一九三一年に、日本共産党のシンパだとして逮捕《たいほ》され、翌年、執行猶予《しっこうゆうよ》付きの有罪判決が下された。

んに語らせた、こんなセリフにも表れています。

いいことをいいことだとし、悪いことを悪いことだとし、一つ一つ判断をしてゆくときにも、また、君がいいと判断したことをやってゆくときにも、いつでも、君の胸からわき出て来るいきいきとした感情に貫《つらぬ》かれていなくてはいけない。北見君の口癖《くちぐせ》じゃあないが、「誰《だれ》がなんていったって——」というくらいな、心の張りがなければならないんだ。（二 勇ましき友「真実の経験について」）

少し話が脇道《わきみち》にそれました。私が言いたかったのは、この上級生による鉄拳《てっけん》制裁のエピソードが単なる物語上の仕掛《しか》けではなく、極《きわ》めてリアルな問題だったということです。

先輩《せんぱい》が後輩《こうはい》を殴《なぐ》るなんて日常茶飯事《にちじょうさはんじ》。黒川のような上級生は、どこにでもいました。コペル君たちが味わった恐怖心《きょうふしん》や危機感を、当時の子どもたちはみんな持っていたのです。

実は、私が中学生だった一九六〇年代にも、公立中学では、こういうことが日常茶飯事だったことがあります。暴力沙汰《ざた》から負傷者が出て、警察のパトカーがやってくる学校もありました。

そういう状況《じょうきょう》になったときに、さあ、君たちはどうするか。この作品は、そう問いかけています。「一緒《いっしょ》に殴《なぐ》られよう」というのは極端《きょくたん》だとしても、たとえば友だちがつらい思いをしたり苦しい思いをしたりしているとき、みなさんはどうするでしょうか。

たとえば、受験競争が激しくなり、同級生が体調を崩《くず》したり、家庭の事情で受験できなくなったりすると、悲しいことですが、心のどこかで「ライバルが一人減った」と思ってしまいませんか。「しめしめ、ざまあみろ」とまでは思わなくても、ほっとしたり、これはチャンスかもしれないと考えたり。

そういう自分の心、心の中の悪魔《あくま》とどう戦っていくのか。ピンチな状況《じょうきょう》に陥《おちい》ったとき、互《たが》いに「一緒《いっしょ》に立ち向かおう」と言える友だちを得ることができるか。みなさんに、ぜひ考えてほしいと思います。

生涯《しょうがい》の親友というのは、だいたい高校や大学時代に一緒《いっしょ》にいろいろな苦労を経験した友だちです。

私もそうです。私が大学に通っていた一九六〇年代後半は、全国で大学闘争《とうそう》*が吹《ふ》き荒《あ》れていました。多くの若者がヘルメットをかぶり、角材を手に殴《なぐ》り合っていた。授業が成立しないなか、日米安保《あんぽ》条約*をどうするか、日本はこれからどうあるべきか、といったことをクラスのみんなとしょっちゅう討論していました。

そういう共通の経験があるからこそ、いまでも遠慮《えんりょ》なく語り合えるのです。人として成長する過程で共に悩《なや》み、考え、本気で議論し、さまざまな共通の体験をするなかで、みなさんもぜひ、そういう友だちをつくってください。

友だちに限らず、「この人のためなら大変な目に遭《あ》ってもかまわない」と思えるような存在は、生きていくうえで大きな意味や価値をもちます。みなさんも、いずれ恋《こい》人《びと》ができ、結婚《けっこん》することになるでしょう（もちろん、結婚《けっこん》しないというのも選択《せんたく》の一つですが）。別の人格と一緒《いっしょ》に暮らす、人生を共にするとはどういうことなのか。その人のためなら自分の命を捨てることもできるのか。そういうことも考えられるよう

＊大学闘争

ピーク時の一九六八年夏から六九年にかけて、全国の大学の八割にあたる百六十五の大学で大学改革運動が起こった。学生に対する管理体制の強化、学生と教員とのコミュニケーションに欠けた大教室での講義（マスプロ教育）などへの反発を背景に、既成《きせい》の党派・団体の枠《わく》を超《こ》え、一般《いっぱん》学生が多数結集する全学共《きょう》闘《とう》会議（全共闘《ぜんきょうとう》）が運動をリードした。同じ頃《ころ》、アメリカでのベトナム戦争反対運動や、ヨーロッパでの反体制運動など、国際的にも学生運動の高揚《こうよう》する潮流があった。

な人間的な成長をしてほしいし、そういう存在を生涯《しょうがい》のなかでぜひ見つけてほしいと思います。

消えることのない過ち

物語のその後を見ていきます。北見君と仲間たちは、どうなったのか——。みんなで立ち向かおうと約束しておきながら、しかし、いざというときにコペル君はその勇気を持てませんでした。上級生に囲まれた北見君を守ろうと、水谷君も浦川君も立ちはだかったのに、コペル君だけは全身がふるえて、飛び出すことができなかったのです。

そのことを悔《く》やんだ彼《かれ》は、憔悴《しょうすい》し、寝込《ねこ》んでしまいます。病床《びょうしょう》で熱にうかされながらも、友だちのことが頭から離《はな》れません。雪の日に起こった〝あの事件〟の一部始終が繰《く》り返し思い出されて、コペル君を苦しめました。

＊日米安保条約

一九五一年、連合国との講和条約と同時に日米間で結ばれた条約。吉田茂《よしだしげる》首相は、米軍の駐留《ちゅうりゅう》と基地提供を継続《けいぞく》して、占領下《せんりょうか》から独立した日本の安全保障を米軍に託《たく》し、経済復興などの日本再建に力をそそぐ政策を選択《せんたく》した。六〇年の改定交渉《こうしょう》では、アメリカの日本防衛義務の明確化や日米地位協定、条約の期限を十年、その後は一方の通告によって終了《しゅうりょう》することなどが加わった。全学連や国民の安保反対運動が高まるなか、改定条約は発効したが岸信介《きしのぶすけ》首相は退陣《たいじん》した。六八～六九年最盛期だった大学闘争《とうそう》が機動隊の大学導入などによって鎮静化《ちんせいか》したあとの七〇年、改定条約は交渉《こうしょう》が行われることもなく自動延長された。

ほんとうに、あのときの自分を思い出すと、コペル君は、自分ながら自分が厭《いや》になって来ます。いざとなると、自分があんなに臆病《おくびょう》な、あんなに卑屈《ひくつ》な人間になろうとは、今度のことがあるまで、夢にも思わなかったことでした。——同時にコペル君は、人間の行いというものが、一度してしまったら二度と取り消せないものだということを、つくづくと知って、ほんとうに恐《おそ》ろしいことだと思いました。自分のしたことは、誰《だれ》が知らなくとも、自分が知っていますし、たとえ自分が忘れてしまったとしても、してしまった以上、もう決して動かすことは出来ないのです。（七　石段の思い出）

誰《だれ》かがいじめられたり、暴力を振《ふ》るわれたりしているとき、止めに入ろうとしても体が動かない。そんな経験をした人は多いと思います。見て見ぬふりをしてしまったあと、頭の中であれこれ言い訳をし、自分の行動を正当化して、罪悪感にふたをしようとしたことはないでしょうか。

しかし、そんなことをしても、気持ちが晴れることはありません。思い悩《なや》んだ挙《あげ》

(僕は友だちを助けられなかった……)

句《く》、コペル君は意を決して叔父《おじ》さんに相談します。
叔父《おじ》さんの答えは明快でした。

そんなこと、何も考えるまでもないじゃないか。いま、すぐ手紙を書きたまえ。手紙を書いて、北見君にあやまってしまうんだ。いつまでも、それを心の中に持ち越《こ》してるもんじゃないよ。（同前）

この一件が、どんな結末を迎《むか》えたのか。そもそも学校で何があったのか。そこは本を読んで自分で確かめてください。一つだけ言うと、叔父《おじ》さんに叱《しか》られたコペル君は北見君に手紙を書き、再び三人と仲を取り戻《もど》すことができました。ここでは、コペル君から相談を受けた日、叔父《おじ》さんがどんなことをノートに書いたのか、そこに注目しましょう。

叔父《おじ》さんは、「人間の悩《なや》みと、過ちと、偉大《いだい》さとについて」と題し、パスカル*やゲーテ*の言葉なども引きながら、とても大事なことを書きとめました。

＊パスカル

一六二三〜六二。フランスの自然科学者・哲学者《てつがくしゃ》・キリスト教思想家。学校に通わずに父の英才教育を受け、十代から物理学・数学の分野で大きな業績を上げた早熟の天才。「パスカルの定理」をはじめとする数学や物理学の数々の定理を確立したことで知られる。三十代初めに修道院に隠棲《いんせい》して厳しい禁欲生活を送り、三十九歳《さい》で死去。遺稿集《いこうしゅう》『パンセ』のなかの言葉「人間は考える葦である」は有名。

「いま、すぐ手紙を書きたまえ」

一筋に希望をつないでいたことが無残に打ち砕《くだ》かれれば、僕《ぼく》たちの心は眼に見えない血を流して傷つく。やさしい愛情を受けることなしに暮らしていれば、僕《ぼく》たちの心は、やがて堪《た》えがたい渇《かわ》きを覚えて来る。

しかし、そういう苦しみの中でも、一番深く僕《ぼく》たちの心に突《つ》き入り、僕《ぼく》たちの眼から一番つらい涙《なみだ》をしぼり出すものは、――自分が取りかえしのつかない過ちを犯してしまったという意識だ。自分の行動を振《ふ》りかえって見て、損得からではなく、道義の心から、「しまった」と考えるほどつらいことは、恐《おそ》らくほかにはないだろうと思う。

（中略）

自分の過ちを認めることはつらい。しかし過ちをつらく感じるということの中に、人間の立派さもあるんだ。

（中略）

「誤りは真理に対して、ちょうど睡眠《すいみん》が目醒《めざ》めに対すると、同じ関係にある。人が誤りから覚めて、よみがえったように再び真理に向かうのを、私は見たことが

＊ゲーテ

一七四九～一八三二。ドイツの詩人・作家。弁護士を開業するかたわら『若きウェルテルの悩《なや》み』（一七七四年）を発表し、ドイツだけでなく全ヨーロッパ文壇《ぶんだん》の脚光《きゃっこう》を浴び、ドイツの新しい文学運動「疾風怒濤《しっぷうどとう》」（シュトゥルム・ウント・ドラング）時代の旗手と認められた。七〇年代後半に入ると、ワイマール公国の政務を担当したり、地質学・解剖学《かいぼうがく》・植物学の研究に手を伸《の》ばしたりするが、生涯《しょうがい》の大半を代表作である詩劇『ファウスト』の執筆《しっぴつ》に費やした。ドイツ国民文学の祖の一人とされる。

ある。」

これは、ゲーテの言葉だ。

僕《ぼく》たちは、自分で自分を決定する力をもっている。

だから誤りを犯すこともある。

しかし——

僕《ぼく》たちは、自分で自分を決定する力をもっている。

だから、誤りから立ち直ることも出来るのだ。（同「人間の悩《なや》みと、過ちと、偉大《いだい》さとについて」）

お母さんの石段の思い出

物語では、その日の叔父《おじ》さんのノートと前後する形で、病床《びょうしょう》のコペル君とお母さんの姿が描《えが》かれます。雪の日の事件について、コペル君はお母さんには話しませんでした。でも、きっと叔父《おじ》さんから事情を聞いたのでしょう。お母さんはさりげなく、自分の経験を話してきかせます。

それはお母さんが女学校に通っていた頃《ころ》のこと。大きな荷物を抱《かか》えたおばあさんが石段をのぼっていました。荷物を持ってあげなければ……。そう思ったけれど、声をかけるタイミングを逸《いっ》して、結局、手を貸すことができなかった、という話です。

あなたにも身に覚えがあるのではないでしょうか。たとえば、学校に通う電車のなかで、お年寄りに席を譲《ゆず》ってあげなければと思いつつ、なんとなく「どうぞ」のひと言が出てこない。気まずいので寝《ね》たフリをしたり、本を読んでいてお年寄りが立っていることに気づかなかったフリをしたり。

でも、お母さんは言います。この石段の思い出は、決して厭《いや》な思い出ではない、と。

あの石段の思い出がなかったら、お母さんは、自分の心の中のよいものやきれいなものを、今ほども生かして来ることが出来なかったでしょう。人間の一生のうちに出会う一つ一つの出来事が、みんな一回限りのもので、二度と繰《く》りかえす

ことはないのだということも、——だから、その時、その時に、自分の中のきれいな心をしっかりと生かしてゆかなければいけないのだということも、あの思い出がなかったら、ずっとあとまで、気がつかないでしまったかも知れないんです。

（七　石段の思い出）

どんな過《あやま》ちや苦しい経験も、その後の生活に生かすことができれば無駄《むだ》にはならないということです。大切なのは、自分が犯した過ちときちんと向き合い、自分はどうすべきだったかということを考えて、心に刻《きざ》むこと。それが人間的な成長や、よりよく生きることにつながるのです。

みなさんは、コペル君の後悔《こうかい》やお母さんの話をどう読んだでしょうか？

——コペル君の後悔《こうかい》は、よくわかる。僕《ぼく》も後悔《こうかい》を引きずったり、言い訳ばかり考えて肝心《かんじん》な問題から逃《に》げてしまったりすることがある。そんな自分が厭《いや》だった。でも、ちゃんと向き合って、次に生かせばいいのだという話を読んで気持ちが少し楽になっ

（荷物を持ってあげなければ……でも）

た。

——お母さんの石段の思い出のようなことは、しょっちゅうある。これからは、迷わず声をかけようと思った。

——叔父《おじ》さんが珍《めずら》しくコペル君を強い言葉で叱咤《しった》する場面が印象的だった。叔父《おじ》さんの「北見君や水谷君から絶交されたって、君には文句いえないんだぜ。ひとことだって、君からはいうことはないはずだぜ」という言葉は心にぐさっと刺《さ》さった。

——僕《ぼく》はいつも、部活の仲間に強い言葉で文句を言ってしまう。そのたびに後悔《こうかい》するけれど、結局、また言ってしまう。後悔《こうかい》を次に生かせていない自分に気づいた。

——四人の友情は素晴らしいと思うけれど、北見君のように、嫌《きら》いなものは嫌《きら》いだとはっきり言うことは僕《ぼく》にはできない。

——僕《ぼく》も浦川君や水谷君のようになりたいと思った。

——僕《ぼく》は北見君の姿勢は素晴らしいと思う。

——本を読み終えるまで、戦前の物語だとは気づかなかった。古めかしい言葉も出てくるけれど、コペル君の悩《なや》みは僕《ぼく》たちの悩《なや》みそのものだ。

――コペル君のつらい経験を、まるで自分がコペル君になったような気持ちで読んだ。犯した過ちは消えなくても、反省して改める勇気を持ちたいと思った。

時代は違《ちが》っても、この作品には、いま読んでも心に染みるエピソードがちりばめられています。そうしたエピソードの一つ一つが、人として肝心《かんじん》なこと、おろそかにしてはいけないことを教えてくれています。

みなさんのように自分に引き付けて読むと、きっとたくさんのことを学べると思います。現在は使われなくなった言葉もたくさん出てきますが、作品の核《かく》となる部分の輝《かがや》きは、まったく色あせていません。名著や、いまに残る古典というものはそういうものです。だからこそ、いまも読み継《つ》がれているのです。

第3講

「歴史」について

誰《だれ》が仏像をつくったのか

コペルニクス風の考え方の出来る人は、非常に偉《えら》い人といっていい。たいがいの人が、手前勝手《てまえがって》な考え方におちいって、ものの真相がわからなくなり、自分に都合のよいことだけを見てゆこうとするものなんだ。(一 へんな経験「ものの見方について」)

偉大《いだい》な思いつきというものも、案外簡単なところからはじまっているんだね。そうだろう。ニュートン*の場合、三、四メートルの高さから落ちた林檎《りんご》を、頭の中で、どこまでも、どこまでも高くもちあげていったら、あるところに来て、ドカンと大きな考えにぶつかったんじゃないか。

だからねえ、コペル君、あたりまえのことというのが曲者《くせもの》なんだよ。わかり切ったことのように考え、それで通っていることを、どこまでも追っかけて考えてゆ

＊ニュートン

一六四二〜一七二七。イギリスの自然科学者。ケンブリッジ大学在学中にペスト流行を避《さ》けて故郷に帰り、そのときに万有引力の法則、微積分法《びせきぶんほう》、光のスペクトル分析《ぶんせき》という三大発見がひらめいたとされる。ペストが鎮静化《ちんせいか》すると同大学にもどり、ニュートン力学の確立や反射望遠鏡の発明などで十七世紀科学革命の中心人物となり、下院議員、造幣局《ぞうへいきょく》長官、イギリスの科学者団体であるロイヤル・ソサイエティ会長などを歴任した。

くと、もうわかり切ったことだなんて、言っていられないようなことにぶつかるんだね。こいつは、物理学に限ったことじゃあないけど……（三 ニュートンの林檎と粉ミルク）

コペル君の叔父《おじ》さんは博識《はくしき》で、いろいろな話をしてくれます。単なる知識としてではなく、地動説を唱えたコペルニクスの話から、自分を中心として物事を考え判断することの落とし穴に気付かせてくれたり、ニュートンがいかにして万有引力の法則を発見*したかという話から、常識を疑ってみることの大切さを説いたり。楽しく学びながら、自分はどうあるべきか、ということを考えさせてくれる。そこが、この作品の読みどころの一つです。

なかでもコペル君の心をとらえたのが、最初に仏像をつくったのはギリシャ人だった、という話です。

ご存じの通り、仏教はインドで生まれました。初めて仏像がつくられたのは古代インドの玄関口《げんかんぐち》にあたるガンダーラ*で、現在のアフガニスタン東部からパキスタン北西

＊万有引力の法則を発見

物体の落下運動は古代ギリシャの時代から、重い物は速く軽い物は遅《おそ》いとされてきたが、ガリレオの実験によって重さには関係なく、時間の経過とともに速くなることが発見された。また、天体の運動についても一定の速さの円運動だと考えられてきたが、ケプラーは観測データをもとに太陽系の惑星《わくせい》運動が速さを変化させながらの楕円《だえん》運動であることを発見した。これらの発見を万有引力（重力）の法則をつかって総合的・理論的に証明したのが、ニュートンだった。古来、地上と天上の運動はまったく別の法則をもつと考えられてきたが、リンゴの落下から天体の運動までがニュートン力学によって統一的に解明された。

部にかけて広がっていた地域です。

では、なぜインド人ではなく、ギリシャ人が仏像をつくったのか。そもそも、なぜガンダーラにギリシャ人がいたのか。その鍵《かぎ》を握《にぎ》る人物が、紀元前四世紀にギリシャの同盟軍を率いてアジア大陸を征服《せいふく》したアレキサンダー大王*です。

アレキサンダー大王が征服《せいふく》した一帯は、当時、ペルシャ帝国《ていこく》*の領地でした。彼《かれ》は、その広大な土地に、西洋の文明と東洋の文明とが溶《と》け合った一大帝国《ていこく》を建設しようと考えます。

彼《かれ》は自分から先立って、ペルシャ王の王女を妻に迎《むか》え、部下の将士にも、ペルシャの婦人と結婚《けっこん》するようにすすめた。（中略）ペルシャ人をギリシャ化し、またギリシャ人をペルシャ化して、東西の文明を結びつけようとしたのである。

大王の事業は、ギリシャの文明を東洋にひろめ、東洋の文明の中にそれを溶《と》けこませるために、大切《たいせつ》な基礎《きそ》を置いたものであった。大王はわずか十余年の活動で、その一生を終わったけれど、その後、ギリシャ人は続々東洋に移住して来て、

＊ガンダーラ

紀元前四〇〇〇年頃《ごろ》のドラヴィダ系民族も、紀元前一五〇〇年頃《ごろ》のアーリヤ人も、前五一八年のペルシャ（アケメネス朝）軍も、前三二七年のアレキサンダー（アレクサンドロス）大王軍も、いずれも現在のアフガニスタンとパキスタン国境の峠《とうげ》を越《こ》えて古代インドに入ってきた。この道は遠い昔からのメインルートであり、峠《とうげ》を下るとガンダーラ（現在のペシャワールを中心とする地域の古い名称《めいしょう》）で、古代インドの玄関口《げんかんぐち》にあたった。

東洋と西洋と二つの文明の交流が、長い後まで行われるようになったのである。
（九 水仙《すいせん》の芽とガンダーラの仏像）

もともとインドには、ブッダ*を人間の姿で表すという習慣はありませんでした。偶《ぐう》像崇拝《そうすうはい》を否定していたのです。一方、ギリシャには、神話に登場する神々を彫刻《ちょうこく》で表現する文化や優れた技術があった。ガンダーラに移住し、この地で仏教文化を吸収したギリシャ人たちが、その技術を生かしてつくり出したのが、私たちがよく知る仏像の原点なのです。

ガンダーラの仏像を見ると、顔立ちは明らかに西洋的です。身にまとった服の襞《ひだ》などもギリシャ彫刻《ちょうこく》を髣髴《ほうふつ》させます。

しかし、表情や佇《たたず》まいはどうでしょう。比べてみると、印象がまったく違《ちが》いますね。ギリシャ彫刻《ちょうこく》が「動」なら、ガンダーラの仏像は「静」。

＊アレキサンダー大王

前三五六～前三二三。ポリス（都市国家）を形成しなかったマケドニアの王。現在はギリシャ語の「アレクサンドロス」の名を一般的《いっぱんてき》に用いる。王子時代の家庭教師は哲学者《てつがくしゃ》のアリストテレス。前三三四年に遠征《えんせい》に出発し、エジプトを征服《せいふく》、ペルシャ帝国《ていこく》（アケメネス朝）を滅亡《めつぼう》させたあとインダス川流域まで達し、ギリシャ・エジプト・アジアにまたがる大帝国《だいていこく》を築いた。そののち多くのギリシャ人がエジプトやアジアに移住し、ギリシャ文化とオリエント文化が融合《ゆうごう》するヘレニズム文化が花開いた。

ギリシャ・ヘレニズム期の代表的彫刻《ちょうこく》である「ミロのヴィーナス」像（右。紀元前１世紀頃《ごろ》、ルーヴル美術館蔵）と、その影響《えいきょう》を受けたガンダーラの仏像（１世紀頃《ごろ》か、インド国立博物館蔵）。衣服の襞《ひだ》に共通点があるのがわかる

たとえ彫刻《ちょうこく》の技術や外の形で、どんなにギリシャ彫刻《ちょうこく》に似ていようとも、これらの仏像全体があらわしているこの気分は、どこまでもインドのものであり、仏教のものである。（同前）

ガンダーラの仏像は、まさに東西の文化のかけ合わせ、ということです。

なぜ紛争《ふんそう》はなくならないのか

――そのギリシャを征服《せいふく》したローマ帝国《ていこく》＊も、ローマ市民をギリシャの諸都市に移住させたりして、ギリシャの文明を尊重したと歴史の授業で習いました。古代の人は互《たが》いに相手の文化を尊重し、自分たちの文化と融合《ゆうごう》させようとしたのに、なぜ、いまはそれができないのでしょうか。いま、世界のあちこちで起こっている紛争《ふんそう》は、異なる文化や宗教への無理解が根底にあると思うのですが……。

＊ペルシャ帝国
現在は「アケメネス朝」（前五五〇～前三三〇）と呼ぶのが一般的《いっぱんてき》。アーリヤ人の一派がイラン高原に建てた王国に始まり、最盛期には小アジア（アナトリア）・エジプトからインダス川流域に至る広大な地域を支配した史上初の世界帝国《ていこく》。

＊ブッダ
古代インドの公用語であるサンスクリット語で「悟《さと》った人」を意味し、主としてお釈迦《しゃか》様を指す。中国で翻訳《ほんやく》されたときに「仏陀」という漢字があてられた。

とてもいい問題提起ですね。なぜ、異なる民族同士、仲良くできないのか。紛争《ふんそう》が絶えないのは、どうしてなのか。みなさんはどう思いますか?

――昔は生きることに精一杯《せいいっぱい》で、他民族の人たちとも仲良くしないと生きられなかった。互《たが》いに協力しなければ生きていけなかったから、相手のことも尊重できたのだと思う。でも、いまのように豊かになると、相手を蹴散《けち》らしてでも、もっと豊かになろうという意識が生まれるのではないか。

――いまはインターネットで調べれば、自分で考えなくても簡単に答えや情報が手に入る。SNSが普及《ふきゅう》して、一方的に言いたいことを言う人も増えている。考える力や想像力が衰《おとろ》えて、相手を思いやったり、相手の立場に立って考えたりすることができなくなったから、他の民族を尊重することもできなくなっているのだと思う。

――ギリシャはペルシャを征服《せいふく》したし、ローマはギリシャを征服《せいふく》した。争いがなかったわけではない。でも、昔は大きな帝国《ていこく》が押《お》さえつけていたから、小さな紛争《ふんそう》はあまり起きなかったのではないか。アラブ諸国をはじめ、あちこちで紛争《ふんそう》が起きるように

＊ローマ帝国

紀元前八世紀頃《ごろ》にラテン人の一派が都市国家ローマを築き、前二世紀にギリシャやアフリカ北岸のカルタゴを平定、地中海沿岸の全域に勢力を伸《の》ばし、服属した地域住民の一部にローマ市民権を与《あた》えて支配の安定化を図った。ローマの帝政《ていせい》は前二七年に始まるが、一世紀末から二世紀にかけて最大領土をもつ世界帝国《ていこく》を実現し、二一二年には帝国《ていこく》内のすべての自由人にローマ市民権を与《あた》えた。ローマの文化は哲学《てつがく》などの面ではギリシャに及《およ》ばなかったが、ローマ法は近代ヨーロッパ法に受け継《つ》がれ、ローマ字は今も世界中で使われている。四世紀末に東西に分裂《ぶんれつ》するが、東ローマ（ビザンツ）帝国《ていこく》では、ギリシャ語が公用語とされ、西のローマ・カトリック教会に対し、ギリシャ正教会と称《しょう》されたように、ギリシャの古典文化が尊重された。

なったのは東西冷戦終結後だと思う。アメリカとソ連、二つの大国が世界を牛耳《ぎゅうじ》るという構図が崩《くず》れて、さまざまな紛争《ふんそう》が噴出《ふんしゅつ》したのではないか。

――インターネットやSNSが広まって、世界中の人とつながれるようになったことが、かえって自分たちの民族への執着《しゅうちゃく》を強めている気がする。自分は何者なのかと考えるなかで、「やっぱり自分たちが一番で、あいつらはダメだ」と優劣《ゆうれつ》をつけるようになったことが、民族紛争《ふんそう》につながっているのだと思う。

――昔の人は、もっと誇《ほこ》りを持って生きていた。昔より豊かにはなったかもしれないけれど、いまの人は自分に誇《ほこ》りが持てなくて、でも、なまじ豊かだから努力もしない。自分に自信が持てない人は、たいてい努力もせずに文句ばかり言って、人を蹴落《けお》としたり、排他的《はいたてき》になったりしてしまう。

――いまの世界は複雑。複雑なことを考えるのは難しい。何でも自分を中心に考え、自分の国が一番だと思えば難しいことを考えなくてすむ。だから国粋《こくすい》主義的な考えがはびこるのだと思う。

そう、紛争《ふんそう》がなくならない原因は、いろいろな角度から考えることができますね。どの意見も、よいポイントを突《つ》いていると思います。

ただ、気になったことが一つあります。それは、どの時代を指して「昔」「いま」と言っているのか、きちんと定義しないまま話をしていたことです。

紀元前にアレキサンダー大王がペルシャを征服《せいふく》した話や、そのギリシャをローマ帝《てい》国《こく》が征服《せいふく》したという話からの問題提起でしたが、その時代を「昔」といっているのか。あるいは、中世や近代までを含《ふく》めて「昔」といっているのか。「いま」という言葉も、インターネットやSNSが普及《ふきゅう》した「いま」なのか。それとも、東西冷戦が終結して以降をすべて含《ふく》めているのか。みんなバラバラでしたね。

こうした不備は、大人の議論でもよくみられますが、何となく「昔はよかったけれど、いまはダメ」というだけでは、印象論で終わってしまいます。

東西冷戦が終結して以降に紛争《ふんそう》が増えた、という意見が出ましたが、第一次世界大戦後のドイツも「昔」に入るのでしょうか。あの頃《ころ》、ヒトラー率いるナチス・ドイツ*が台頭し、民族主義、全体主義をエスカレートさせて、やがて絶滅《ぜつめつ》収容所*を生み出し

ました。

そこで六百万人ものユダヤ人が虐殺《ぎゃくさつ》されたのは「昔」のことなのか、「いま」のことなのか。異文化との融合《ゆうごう》を図《はか》ろうとした時代を「昔」とするならば、ユダヤ人の絶《ぜつ》滅《めつ》を図ったナチス・ドイツは「いま」ということになりますね。

議論をするときは、いつのことを指して「昔」「いま」「かつて」「最近」といっているのか、明確にしたうえで発言し、そこが曖昧《あいまい》な発言に対しては、きちんと確認する必要があります。一人で考えるときも、自分が根拠《こんきょ》としている事柄《ことがら》の「いつ」や「どこ」「だれ」が曖昧《あいまい》になっていないか、点検してみるといいでしょう。「みんな」そう言っている、「世界中で」こうなっている、という説明では、印象論から抜《ぬ》け出すことはできません。

「帝国《ていこく》」の統治、ヒトラーの統治

さて、なぜ紛争《ふんそう》はなくならないのか。なぜ互《たが》いを理解し、大事にしようとしないの

＊ナチス・ドイツ

ヒトラーが政権を掌握《しょうあく》した一九三三年一月から連合国に無条件降伏《こうふく》した四五年五月までのドイツのこと。ヒトラーは、第一次世界大戦でのドイツの敗北は戦場で敗れたのではなく、国内の「裏切り者」（共産主義者やユダヤ人など）の「背後からのひと突《つ》き」によって国家が崩壊《ほうかい》させられたためだと主張し、純粋《じゅんすい》なドイツ民族だけの国家を樹立することや、ヴェルサイユ体制の破壊《はかい》（失った領土の回復と拡張、徴兵制《ちょうへいせい》の復活と再軍備）などの政策を強力に推し進めた。

か。これは、あなたにこの先も考え続けてほしい問題です。だから、ここで私から「こう考えるべきだ」ということは、あえて言わないことにします。

代わりに一つ、〝考えるヒント〟をお話しします。それは「帝国《ていこく》」とは何か、ということです。

ローマ帝国《ていこく》やオスマン帝国《ていこく》*については、みなさんも世界史の授業で勉強したと思います。ちなみに私が中学生の頃《ころ》は、オスマン帝国《ていこく》ではなく「オスマントルコ」と習いました。トルコ人を君主に戴《いただ》く帝国《ていこく》だからです。

しかし、その後の研究で、帝国《ていこく》内に多民族が共存していたことや、支配階層を占《し》めていたのもトルコ人ばかりではなかったことが明らかになり、「トルコ人の帝国《ていこく》」というニュアンスが強いオスマントルコという名称《めいしょう》は使われなくなりました。

オスマン帝国《ていこく》はイスラム教の王朝ですが、キリスト教徒もユダヤ教徒も、税金さえ納めれば宗教の自由が認められていました。ローマ帝国《ていこく》もそうです。イタリア半島のラテン人をベースとする帝国《ていこく》ですが、一定の条件を満たせば、辺境に住む他民族にも市民権を与《あた》えました。

＊絶滅収容所

ヒトラーによるドイツからのユダヤ人排除《はいじょ》は、国外退去政策から始まった。しかし、一九三九年にドイツ軍がポーランドに侵攻《しんこう》して第二次世界大戦が始まり、ドイツの勢力圏《せいりょくけん》が拡大すると支配地域のユダヤ人の数は膨大《ぼうだい》なものとなった。四〇年にフランスが降伏《こうふく》すると仏領マダガスカル島へ強制追放する計画を立てたが、イギリスが大西洋の制海権を握《にぎ》っていたことで断念。つづいて四一年の独ソ戦の開始当初はドイツ軍が優位に立ったことでロシア東部への追放計画を立てるものの、ソ連軍の激しい反攻《はんこう》によって頓挫《とんざ》し、戦場近くのユダヤ人集落での大《だい》虐殺《ぎゃくさつ》や、アウシュヴィッツなどの「絶滅《ぜつめつ》収容所」でのホロコースト（ユダヤ人大量虐殺《ぎゃくさつ》）に政策を転換《てんかん》した。

周辺国に攻《せ》め入って領地を広げることはできても、そこにもともと住んでいる民族を駆逐《くちく》し、広大な支配地域を自分たちの民族だけで埋《う》め尽《つ》くすことは、物理的に不可能です。かといって、一つの民族が他民族を奴隷《どれい》のように従えたり、自分たちの言語や風習を押《お》し付けたりするような統治形態も、やはり深刻な摩擦《まさつ》を生みます。

辺境《へんきょう》地帯においては自治を認め、それぞれの言葉や文化・宗教を尊重しないと帝《てい》国《こく》を維持《いじ》することはできません。つまり、これらの帝国《ていこく》は、一方的に統治したり、無理やり同化させたりして〝統一〟したのではなく、ルールを決めて、異質な民族集団を〝統合〟していったということです。

しかし、ルールが守られなくなったり、変容《へんよう》したりして、多様な民族・宗教が共存できなくなると、いずれ帝国《ていこく》は滅《ほろ》びます。そうした歴史の流れを踏《ふ》まえて今回の問題を考えるならば、異文化を尊重した「昔」と、尊重しない「いま」の違《ちが》いは、帝国《ていこく》か否《いな》か、という観点でとらえることもできます。

自分たちとは異なる民族や文化を否定するような考え方は、自国が弱い立場、あるいは非常につらい状況《じょうきょう》にあるときに生まれやすいものです。その最たる例が、先に

＊オスマン帝国

十三世紀末に小アジア（アナトリア）北西端《ほくせいたん》の小国として登場したあと、バルカン半島に勢力を伸《の》ばし、一四五三年には東ローマ帝国《ていこく》を滅《ほろ》ぼして都をイスタンブール（旧コンスタンチノープル）に定めた。十六世紀に最盛期を迎《むか》え、東欧《とうおう》・イラク・エジプト・北アフリカに勢力を伸《の》ばしたが、ユダヤ教徒・キリスト教徒との共存は図られた。また、キリスト教徒の子弟を改宗させてスルタン（イスラム世界の君主の称号《しょうごう》）直属の常備軍を編成したり、要職に登用した。一五二九年と一六八三年には大軍を率いてウィーン包囲攻撃《こうげき》を行い、西ヨーロッパ諸国を驚《おどろ》かせたが、作戦は失敗して帝国《ていこく》の衰退《すいたい》が始まった。第一次世界大戦に敗れたあとの一九二三年、小アジア側とイスタンブール近辺を領土とするトルコ共和国が誕生した。

挙げた第一次世界大戦後のドイツです。

第一次世界大戦後、敗戦国であるドイツは、領土を削《けず》られ、巨額《きょがく》の賠償金《ばいしょうきん》を課せられました。賠償金《ばいしょうきん》問題で追い詰《つ》められていたところに追い打ちをかけたのが、一九二九年の世界恐慌《きょうこう》＊です。多くの有力企業《きぎょう》が倒産《とうさん》し、ドイツ経済は逼迫《ひっぱく》。国民は疲弊《ひへい》しきっていました。

そんなときにヒトラーが登場し、「いやいや、君たちは悪くない。我がドイツ民族は世界に冠《かん》たる優秀《ゆうしゅう》な民族なのだ。われわれこそが素晴らしいのだ」と鼓舞《こぶ》した。多くのドイツ人は、自分たちを肯定《こうてい》してくれるヒトラーに熱狂《ねっきょう》し、やがてそれが悲《ひ》惨《さん》な戦争へとつながっていくわけです。

第二次世界大戦後は、ソ連とアメリカという二つの大国が世界で覇権《はけん》を争うようになります。両国は、いわば現代における帝国《ていこく》。しかし、一九八九年にベルリンの壁《かべ》が崩壊《ほうかい》＊し、双方《そうほう》のリーダーが冷戦の終結を宣言すると、冷戦中は盟主《めいしゅ》の言うことを聞いていた国々が、ばらばらに勝手なことをやり出します。一九九〇年のイラクのクウェート侵攻《しんこう》＊は、その好例といっていいでしょう。

＊世界恐慌

一九二九年にアメリカに端《たん》を発した大恐慌《だいきょうこう》は全世界に波及《はきゅう》し、アメリカ資本によって戦後復興を進めていたヨーロッパ諸国は、その資本を引き揚《あ》げられて大恐慌《だいきょうこう》の嵐《あらし》に巻き込《こ》まれた。ヴェルサイユ条約によって支払《しはら》いに何十年もかかるほどの莫大な賠償金《ばいしょうきん》を課せられたドイツも、二七年には戦前の生産水準を上回るまでに復興が進んでいたが、アメリカ資本の引き揚《あ》げにより経済の大混乱が起こった。そんな状況《じょうきょう》のなか、三二年の選挙でナチ党が第一党に躍進《やくしん》し、翌三三年一月にヒトラーが政権を掌握《しょうあく》した。

イラクはソ連を盟主とする東側陣営《じんえい》の一員で、ソ連が強大な力を持っていた頃《ころ》は、さすがに勝手なことはできなかった。しかし冷戦が終結すると、その翌年、いきなり隣国《りんごく》クウェートに侵攻《しんこう》し、またたく間にクウェート全土を占領《せんりょう》します。

おそらく、隣国《りんごく》に手を出しても、もう文句を言う国はないと考えたのでしょう。しかし予想に反して、アメリカを中心とする多国籍《たこくせき》軍がイラクを攻撃《こうげき》します。

結局、イラクはクウェートから追い出されましたが、以降、このような紛争《ふんそう》が世界のあちこちで起こることになりました。押《お》さえつけている力が弱まると、残念ながらこうした悲惨《ひさん》なことがまた起きるということです。

アメリカのドナルド・トランプ現象*も、こうした歴史の文脈で解釈《かいしゃく》することができます。アメリカでニュース番組を見ていると、毎週のように戦死者の報に接することになります。アメリカは現在進行形で戦争をしているのです。

いまも戦争に莫大《ばくだい》な金を投じ、戦死者を出し続けているアメリカ。その間に存在感を増していったのが中国です。ヨーロッパもEU（欧州《おうしゅう》連合）として一つのまとまりを形成し、ユーロという共通通貨を導入して経済圏《けいざいけん》を拡大。アメリカ・ドルに対抗《たいこう》

＊ベルリンの壁が崩壊

一九六一年に東ドイツ政府は自国民の西側への脱出《だっしゅつ》を阻《はば》むため、東西ベルリンの境界にコンクリートの壁《かべ》を築いた。八九年に東ドイツの民主化運動が高まって冷戦の象徴《しょうちょう》だった壁《かべ》は十一月に開放され、十二月には米大統領ブッシュ（父）とソ連共産党書記長ゴルバチョフとのマルタ会談で「冷戦終結」が宣言された。

＊イラクのクウェート侵攻

一九九〇年八月、イラク軍が侵《しん》攻《こう》してクウェートを併合《へいごう》した。国連安全保障理事会はイラク非難と即時撤退《そくじてったい》を決議したが、イラク政府は拒否《きょひ》。米英仏を中心とする多国籍軍《たこくせきぐん》が九一年一月に空爆《くうばく》を開始、二月の地上戦が始まってまもなくイラク軍がクウェートから撤退《てったい》し戦争（湾岸《わんがん》戦争）は終結した。

しうる力を持つようになりました。

もしかすると、アメリカは弱くなってきたのではないか。弱くなって、ほかの国から舐《な》められているのではないか——。そう考える人たちが出てきたとき、トランプ候補は「アメリカは偉大《いだい》なのだ。もう一度アメリカをグレートにするのだ。これからは〝アメリカ・ファースト〟だ」と訴《うった》えた。自信を失いかけていた人々は、「そうだ、そうだ。アメリカは偉大《いだい》なのだ。世界一強い国だった。それを取り戻《もど》そう」と、彼《かれ》の言葉に飛びつき、トランプ大統領が誕生したのです。つまり、トランプ現象は、第一次世界大戦後のドイツに似た動きとして見ることもできる、ということです。

でも、これはあくまでも私の見方であり、仮説にすぎません。私自身は、歴史的な文脈に置いて考えると、さまざまな現象や出来事を説明できるのではないかと思っていますが、この仮説をそのまま信じることはしないでください。いま、私が話したことを一つのヒントとして、「池上はこう言っていたが、本当はどうなのだろう」ということを、君たち自身で考えてほしいということです。

＊ドナルド・トランプ現象

二〇一六年のアメリカ大統領選挙で、グローバリズムを否定し「アメリカ第一（ファースト）」を訴《うった》えたトランプ候補が当選した。トランプ候補は、過去の大統領選のようにアメリカの自由・民主主義の理念や国際的責務を謳い上げるのではなく、排《はい》外《がい》主義的・差別主義的な公約を掲《かか》げて選挙戦を闘《たたか》い、冷戦後の自由貿易や金融《きんゆう》取引、雇用《こよう》などの面でグローバル化の恩恵《おんけい》を受けられなかった人々から熱烈《ねつれつ》に支持された。この「現象」ののち、アメリカの内政・外交のゆくえが世界中で注目されているが、この選挙の半年前にはイギリスでも、EUからの離脱《りだつ》の可否を問う国民投票が行われて離《り》脱派《だっぱ》が過半数を占《し》めたように、「一国ファースト」の動きはアメリカに限らずほかの国々においても見られる現象となった。

歴史を学ぶということ

人間の歴史について、コペル君の叔父《おじ》さんはこんなふうに綴《つづ》っています。

君もよく知っているとおり、人間は最初から人間同志手をつないでこの世の中を作り、その協働の力によって、野獣《やじゅう》同然の状態から抜《ぬ》け出して来た。はじめはごく簡単な道具を使い、やがていろいろな技術や機械を発明し、自然界をだんだんと人間に住みよいものに変えて来た。そして、それと共に学問や芸術というものをも生み出して、人間の生活を次第に明るい美しいものに変えて来た。それは、遠い大昔から悠々《ゆうゆう》と流れて来て、まだこれからも遠く遠く流れてゆく、大きな河のようなものだ。日本の歴史は神武《じんむ》天皇以来二千六百年*といわれ、エジプトの文明は六千年前にはじまったといわれ、たいへん古いものに思われているけれど、実はそれ以前に、書物にもなんにも書かれていない数万年の歴史があるんだ。そして、これからも、何万年つづくか、何十万年つづくか、人類はまだまだ進歩

＊神武天皇以来二千六百年

いつを紀元（歴史の起点となる年）とするかは国や信仰《しんこう》する宗教によって異なり、キリスト紀元やイスラムのヒジュラ紀元などはその例である。明治政府は、『日本書紀』の「辛酉《しんゆう》の年の春正月の庚辰朔《こうしんさく》（一日）に、神武天皇が即位《そくい》された」という記述をもとにして、「辛酉《しんゆう》の年」「春正月の庚辰朔」を西暦《せいれき》に換算《かんさん》し、紀元前六六〇年二月十一日が日本の紀元であると定め、二月十一日を祝日（紀元節）とした。皇紀二千六百年は太平洋戦争が始まる前年の一九四〇（昭和十五）年にあたり、日本中で盛大な式典が挙行された。

の歴史をつづけてゆくだろう。この悠々《ゆうゆう》と流れてゆく、大きな、大きな流れを考えて見たまえ。（五 ナポレオンと四人の少年「偉大《いだい》な人間とはどんな人か」）

歴史はみなさんにとって、受験のために勉強しなければならないことの一つでしょう。年号、地名、歴史上の人物の名前から歴史的事件・紛争《ふんそう》の名称《めいしょう》まで、とにかく覚えることがたくさんあって、大変だと思います。

しかし、歴史を学ぶことは「いま」を考えるうえで、とても大切なことです。いま、世界で何が起こっているのか。どうして、起こったのか。アメリカのドナルド・トランプ現象も、北朝鮮《きたちょうせん》の動向も、IS（「イスラム国」）の問題*も「なぜ？」と考え、その本質を理解するには、まず背景にある歴史を知る必要があります。

そのためにも、歴史を知識として学ぶだけでなく、それをもとに自分なりの仮説を立てて考えてみることを習慣にしてほしいと思います。

仮説を立てたら、その仮説で歴史上のさまざまな出来事を説明することができるかどうか、改めて点検してみる。説明できないようであれば、仮説が間違《まちが》っているとい

***IS（「イスラム国」）の問題**

ISは二〇〇六年にイラクに生まれた反政府組織ISI（「イラクのイスラム国」）を母体とする。一一年にアラブの民主化運動「アラブの春」がシリアに波及《はきゅう》して政府軍と反政府軍の内乱に発展すると、一三年にIS（「イラクとシャームのイスラム国」）と改称《かいしょう》して内乱に介入《かいにゅう》し、反政府勢力や外国人兵を結集して大勢力を築き、翌一四年にはイラク西部・北部を占《せん》領《りょう》、指導者バグダディの「カリフ」（イスラム教の開祖ムハンマドの後継者《こうけいしゃ》）就任と、「イスラム法に則《のっと》る唯一《ゆいいつ》のイスラム国家」ISの樹立を宣言した。カリフや国家を名乗っているが、アラブ世界の国々はもちろん、世界各国は認めていない。その後の米英仏軍の空爆《くうばく》やイラク軍・クルド兵らの攻勢《こうせい》によって占領《せんりょう》地域や勢力は縮小・弱体化したが、いまも世界各地にテロを拡散させている。

うことですから、修正していかなければいけません。

時事問題に限らず、どの分野の学問においても、新たな理論というのはその積み重ねから生まれています。仮説の精度を上げていくには、自分とは異なる角度から考えた人の意見を聞くこと、異論をきちんと受けとめることも大事です。

「そういう考え方もあるのか」

「なるほど、世の中をそうやって見ることもできるのか」

「ならば、こういう観点から仮説を組み立てることはできないだろうか」

と、考えてみてください。それは、これから私たちはどうあるべきか、どの方向に、どう歩んでいくべきかということを考える土台となります。

——コペル君の叔父《おじ》さんは人類の歴史や進化の歩みについて語っていますが、「数万年の歴史」といっても、宇宙から見ればちっぽけなものです。もっと大きな視点で仮説を立てたり、考えたりしたほうがよいのでしょうか。

この広い宇宙のなかで、地球というちっぽけな惑星《わくせい》に住む人類の営《いとな》みに、いったいどれほどの意味があるのだろう、と疑問に思う人もいるでしょう。地球の温暖化を止めるには、人類がいなくなればいいのだ、という考え方もあります。

そうした視点を頭の隅《すみ》にもっておくことは大事ですが、幸か不幸か、私たちはこの地球上に暮らし、人類が滅亡《めつぼう》しないほうがいいと思っているわけですよね。そのためには、どうすればいいか、と考えてみてください。

人類の〝進化〟の歩みというけれど、本当に進化してきたのか、という問題もあります。ダーウィン*の進化論は知っていますね。突然《とつぜん》変異を繰《く》り返すなかで、たまたま環境《かんきょう》の変化に適応できた種だけが生き延《の》び、それが結果的には進化してきたように見える、という話です。

つまり、ダーウィンが指摘《してき》したのは変化の歩みであって、それを〝進化〟ととらえること自体、実はとても傲慢《ごうまん》な考え方だということもできます。

さらに言えば、地球上に多様な種が存在していたからこそ、環境《かんきょう》が大きく変化しても生き延びることができたわけですよね。ということは、世の中も、多様な民族、

＊ダーウィン

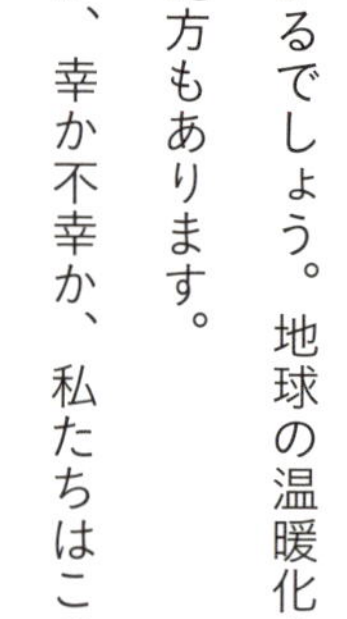

一八〇九〜八二。イギリスの博物学者。イギリス海軍の観測船ビーグル号に乗り、一八三一年からペルーやガラパゴス諸島などを周航して動植物や地質の調査を行った。このときの調査をもとに五九年に刊行したのが『種の起原』で、自然淘汰《とうた》による生物の進化論を説いた。この説は、全生物は神によって創造されたままで変化しないと考えてきたキリスト教関係者らに衝撃《しょうげき》を与《あた》える一方、帝国《ていこく》主義の時代状況《じょうきょう》下で人間社会に誤用され、適者生存・優勝劣敗《れっぱい》は必然的なものだとする社会進化論も生まれ、貧富の格差や人種差別が正当化された。

さまざまな個性の人がいてこそ、私たちは生き延びることができるのだと考えることもできる。

真面目《まじめ》で、同じような考え方をする人ばかりの均質な社会は、変化に弱いものです。逆にとんでもないヤツがいてこそ、社会や組織は強くなったりもします。

では、そういう人を内包《ないほう》する社会をつくるには、どうすればいいのか。そういうことも、みなさんにはぜひ考えてみてほしいと思います。

第4講

「どう生きるか」について

ナポレオンは「偉大《いだい》」か

歴史をどう見るか、戦争をどう考えるのか。これは、この作品の大きなテーマの一つです。ガンダーラの仏像の話のほかに、作者はナポレオン*を取り上げ、読者に問題提起しています。どんな話が書かれているのか、まずは読んでみましょう。

それはコペル君が、北見君、浦川《うらかわ》君と一緒《いっしょ》に水谷君の家に遊びに行ったときのこと。水谷君のお姉さんのかつ子さんが四人を相手に、ナポレオンの英雄的《えいゆうてき》精神について熱弁をふるいます。

敵に攻《せ》め込《こ》まれ、苦戦を強《し》いられるなか、ナポレオンは敵のコサック兵*の戦いぶりに感服し、見とれていたというエピソードを引きながら、かつ子さんは言います。

考えてごらんなさい、戦争よ。負けたら、命が危い場合よ。お互《たが》いに、相手を倒《たお》すか、自分が倒《たお》されるか、必死の場合よ。その中で、敵の戦いっぷりをほめるなんて、——敵の勇敢《ゆうかん》さに見とれるなんて、実際、立派だわ。（五 ナポレオンと四人

＊ナポレオン

一七六九〜一八二一。フランスの軍人・政治家・皇帝《こうてい》。一七八九年に起こったフランス革命の混乱のなかで頭角を現し、九六〜九七年のイタリア遠征《えんせい》でオーストリア軍を破って名声を高めた。九九年に軍事クーデタを起こして統領政府を樹立しフランス革命を終了《しゅうりょう》させたあと、一八〇四年には皇帝位《こうていい》に就いて第一帝政《ていせい》を開き、法典の公布や行政・学制の改革・産業育成などフランス近代の基礎《きそ》を築く。指揮した戦争は当初は内外の敵から革命を守る防衛戦争だったが、やがて侵略《しんりゃく》戦争に変化し、全ヨーロッパを支配下に置く寸前まで進展した。

の少年）

少年たちは、かつ子さんに押《お》され気味です。なぜ、そんなにナポレオンを称賛《しょうさん》するのか、よくわからないという顔をしています。そんな四人に、かつ子さんはこう続けます。

人間が、ある場合には、どんなにこわいことも、苦しいことも、勇ましく乗り越《こ》えてゆけるもんだと思うと、あたし、なんともいえない感じがするわ。自分から、苦しいことやつらいことに飛びこんでいって、それを突《つ》きぬけてゆくことに喜びを感じるなんて、本当にすばらしいことだと思わない？　苦しみが大きければ大きいほど、それを乗り越《こ》えてゆく喜びも大きいの。だから、もう死ぬこともおそろしくはないのよ。あたし、それが英雄的《えいゆうてき》精神というものだと思うわ。

＊コサック兵

十五～十六世紀前半、南ロシアの辺境地帯に逃亡《とうぼう》する流民が増えた。流民たちは十六～十七世紀になると重要な課題は自分たちの討議によって決定する、騎《き》馬《ば》に長じた戦士の自治体を形成した。彼《かれ》らは「コサック」と呼ばれたが、この言葉は「放浪《ほうろう》者《しゃ》」「剛胆者《ごうたんしゃ》」「自由の戦士」などさまざまな意味をもつ。十七～十八世紀にはコサックが皇帝《こうてい》政府の圧制に抵抗《ていこう》する農民を指揮する反乱が続いたため、十八世紀末になると皇帝《こうてい》政府は彼《かれ》らに特権をもたせて懐柔《かいじゅう》し、皇帝《こうてい》の支柱的軍団に編成した。

あたし、つくづくそう思うの、——こういう精神に貫《つらぬ》かれて死んでゆく方が、のらくらと生きているより、ずっと、ずっと立派なことだと。負けたって、こういう精神に貫《つらぬ》かれていれば、負けじゃあないわ。（同前）

かつ子さんは、さらに勢いをつけて、ナポレオンが疲《つか》れきった兵隊をかき集めて最後の一戦に臨んだ話や、結局、その戦いに負けて捕《と》らえられ、島流し*にされたという話をしていきます。

一方で、みなさんがこの本を読んで事前に書いてくれた感想文には、ナポレオンに対して否定的な意見が多かった。彼《かれ》の行いの、どんなところに共感できなかったのでしょうか？

——ナポレオンは、疲《つか》れきっている兵隊を、勝ち目のない戦争に向かわせた。兵隊の気持ちがわかっていないというか、彼《かれ》らのことを考えていない。そういうところが評価できない。

＊島流し

ナポレオンはブリテン島のイギリスを除く全ヨーロッパをほぼ支配下に置くと、一八一二年、フランス人将兵だけなく支配下諸国の将兵も合わせた六十万の大軍を率いてロシアに遠征《えんせい》したが、ロシアの焦土《しょうど》作戦によって撤退《てったい》を余儀《よぎ》なくされた。翌一三年になると諸国はフランスの支配下から抜《ぬ》け出すための解放戦争でナポレオン軍を撃破《げきは》し、続いて一四年にはパリを占領《せんりょう》した。ナポレオンは退位してイタリア半島北西岸の小島エルバ島に流されたが、一五年に島を脱《だっ》出《しゅつ》してパリにもどり帝位《ていい》に復帰。しかし、ワーテルローの戦いで完敗し、今度は南大西洋の孤島《ことう》セントヘレナ島に流され、その地で死去した。

――強い意思や勇気をもって行動することは大事かもしれないけれど、勝算のない戦いに人々を巻き込《こ》み、結果として多くの兵を飢《う》え死にさせたナポレオンは、指導者として失格だと思う。

――人には、それぞれ得意分野があると思う。ナポレオンが得意だったのは〝戦うこと〟であって、そういう人が国を率いてもうまくいくはずがない。

――この作品は、偉大《いだい》な人物の一人としてナポレオンを取り上げているようにも見えるが、実は、いかに英雄《えいゆう》扱いされている人物でも、負けるとわかっていて戦争するなんて愚《おろ》かだし、みじめなだけだと言っている気がした。

――ナポレオンには、勇敢《ゆうかん》な面もあったが、考えや配慮《はいりょ》が足りない部分もあった。誰《だれ》の人生にもプラスの部分とマイナスの部分があって、それを足し合わせたときにプラスが残るかマイナスが残るかで、のちの時代の人は歴史上の人物を評価しているのではないかと思った。

――ナポレオンは「苦戦を覚悟《かくご》で出かけていった」とか、英雄的《えいゆうてき》精神があれば「惜《お》しい命さえ惜《お》しくなくなってしまう」と書かれているのは、当時、日本が戦争に突《とつ》入《にゅう》しようとしていたからではないか。もし戦争になったら、負けそうな局面でも命がけで国のために戦え、みたいな軍事教育的な内容だと感じた。

——この本が書かれた時代は、ナポレオンを英雄視《えいゆうし》したり、ナポレオンの時代に憧《あこが》れたりするような風潮があったのではないか。

——ナポレオンの話は、この作品でちょっと浮《う》いている気がした。友だちを思いやることの大切さとか、暴力で人を押《お》さえつけるのはよくないとか、ガンダーラの仏像の話でも互《たが》いを尊重することが大事だという話をしているのに、多くの血を流して戦争をしたナポレオンを称賛《しょうさん》しているのは、やはり日本がどんどん軍国主義になっていく時代に書かれたからだと思う。英雄的《えいゆうてき》精神みたいなことを盛り込《こ》まないと出版できないから、無理やり入れ込《こ》んだ感じがする。

なるほど。みなさんの多くがナポレオンに対して否定的だった理由の一つは、このエピソードに戦争を肯定《こうてい》するような匂《にお》いを感じたから、ということですね。

「英雄《えいゆう》」とは何か

私は、みなさんとは違《ちが》う読み方をしました。作者がナポレオンを取り上げた背景には、実にさまざまな意味があるように思います。

まず、ナポレオンのことを熱く語っていたのは、かつ子さんでしたね。ここで突《とつ》然《ぜん》、女性が登場する。しかも、かなり威勢《いせい》がいい。

かつ子さんは、ショートヘアにパンツルック。スポーツ万能で、跳躍《ちょうやく》のオリンピック選手を目指すほどです（一九四〇年には東京オリンピックの開催《かいさい》が予定*されていました）。いまは女性アスリートも、ショートヘアも、スカートをはかない女性も珍《めずら》しくありませんが、この本のなかで、コペル君は「女の癖《くせ》に、（中略）ズホンをはいている」ことに驚《おどろ》いています。

自分の意見をはっきり言う、当時としては新しいタイプの女性に、作者はナポレオンの英雄的《えいゆうてき》精神や、少年たちの学校にいる横暴《おうぼう》な上級生への批判を語らせているわけです。物語の展開として、これは読んでいて面白いですよね。少年たちが中心の物

＊東京オリンピックの開催が予定

一九三六年にヒトラーがナチス・ドイツの権勢を誇示《こじ》した第十一回ベルリンオリンピック大会開幕の前日、IOC（国際オリンピック委員会）総会は、次の第十二回大会の開催地《かいさいち》を東京（一九四〇年）と決定した。講道館柔道《じゅうどう》の創始者で、この総会にIOC委員として出席していた嘉納治五郎《かのうじごろう》の長年の悲願が実現するかに見えた瞬間《しゅんかん》であったが、三七年の盧溝橋《ろこうきょう》事件を発端《ほったん》として日中戦争が拡大するなか、日本は三八年に大会中止を決定し、開催《かいさい》を返上した。その年病死した嘉納の悲願が実現するのは、戦後復興が進んだ六四年の第十八回東京大会においてであり、柔道《じゅうどう》が正式種目に加えられたのもこの大会からだった。

語の世界に、かつ子さんという女性をあえて登場させることで、小説としての深みとエンタテインメント性をもたせたのだと思います。

かつ子さんが、ナポレオンの英雄的精神《えいゆうてきせいしん》を示すエピソードとして選んだのは、危機的状況《じょうきょう》のなかで敵のコサック兵を称賛《しょうさん》した、という話でした。これは、戦争の実際を知る、あるいは戦争について考えるうえで、一つの大きなポイントです。

コサック兵は勇敢《ゆうかん》に戦った、と書かれていますが、では、ナポレオン軍はどうだったのか。重要な役割を果たしていたのは、外国人部隊でした。ナポレオンが征服《せいふく》した国々から集めた傭兵《ようへい》、いわゆる雇《やと》われ兵です。

六十万もの人間がはるばるロシアまで出かけていって、氷や雪の中で、ほとんど全部みじめな死方をしてしまったということは、考えて見ると実に大きな出来事だった。この人々は、ヨーロッパの各地から集まった兵隊たちで、何も自分たちの国のためにロシアまで出かけていったわけではなかった。彼《かれ》らは祖国の名誉《めいよ》のために戦ったのでもなければ、自分たちの信仰《しんこう》や主義のために戦ったのでもな

『一八一四年のフランス戦役でのナポレオン』（ジャン＝ルイ＝エルネスト・メッソニエ画、一八六四年、オルセー美術館蔵）。ナポレオンが、フランスに侵入《しんにゅう》してきた連合軍を迎《むか》え撃《う》つために進軍する場面

い。命にかけて守らなければならないものは何ひとつなく、ただナポレオンの権勢に引きずられてロシアまで出かけ、その野心の犠牲《ぎせい》となって、空しく死んでいったのだった。（同「偉大《いだい》な人間とはどんな人か」）

ロシアに侵攻《しんこう》したとき、ナポレオン率いる大軍の実に半数以上はフランス人ではありませんでした。敗戦の色が濃《こ》くなると、外国人部隊の士気《しき》はおのずと下がります。しかし、コサック兵のように、自分の国を自分たちで守ろうとして戦っている国民兵は、敵の大群にもひるまない。これは近現代の戦争にも言えることです。

たとえば、太平洋戦争が始まるとき。日本が真珠湾《しんじゅわん》を攻撃《こうげき》したことはよく知られていますが、同じ日に日本軍は、シンガポールを攻略《こうりゃく》するためマレー半島に奇襲《きしゅう》上陸*していています。

当時、あのあたりはイギリス軍が統治していました。歴史の教科書には、日本軍はイギリス軍を破って半島を占領《せんりょう》したと書いてありますが、そこにいたイギリス軍の多くはインド兵です。イギリス人は将校だけで、前線で戦う兵士たちは、イギリスの

＊マレー半島に奇襲上陸

日本軍は、東南アジアにおけるイギリスの拠点《きょてん》シンガポール攻略《こうりゃく》を目的に、一九四一年十二月八日、英領マレー半島に上陸し南下を開始した。同じ日に海軍の機動部隊がハワイ真珠湾《しんじゅわん》を攻撃《こうげき》したが、日本時間では真珠湾《しんじゅわん》攻撃《こうげき》が午前三時十九分、半島上陸はそれよりも一時間以上早い午前二時頃《ごろ》だった。イギリス軍指揮下のインド兵はほとんど戦うことなく投降したが、日本軍は彼《かれ》らのイギリスからの独立の願いを利用して、インド国民軍（独立義勇軍）を養成し作戦に動員した。四四年、三千メートル級の山系を越《こ》えなければならないインド侵攻《しんこう》作戦（インパール作戦）に義勇軍も参加させたが、物資補給を軽視したこの無謀《むぼう》な作戦は弾薬《だんやく》不足と飢餓《きが》のため七万人の死傷者を出す大惨敗《だいざんぱい》に終わった。

植民地だったインドから連れて来られた人々。彼《かれ》らにしてみれば、「マレー半島やシンガポールを守るために、なぜ自分の命を投げ出さなければいけないのか」ということになる。日本軍に押《お》し込《こ》まれると、逃《に》げ出してしまいます。

コサック兵のエピソードは、実は、戦争とはどういうものかということを考える大きなヒントになっているのです。どんなに弱い国も、自分の国が攻《せ》められると、みんな死にもの狂《ぐる》いになって戦うから強い。そもそも戦争というのはそういうものだと考えると、よその国を攻《せ》めていくということが、いかに愚《おろ》かなことかということがわかります。

静かなる戦争批判

また、この作品が書かれたのは、太平洋戦争が始まる少し前ですが、すでに日露《にちろ》戦争などで功績のあった人々を英雄《えいゆう》（軍神《ぐんしん》）＊として称賛《しょうさん》する風潮が強まっていました。

＊軍神

もともとは武運を守る八幡大菩《はちまんだいぼ》薩《さつ》などの神を指す言葉だったが、日露《にちろ》戦争以後は軍功を立てて戦死した軍人の尊称《そんしょう》となった。最初に「軍神」とされたのは、日露《にちろ》戦争において一九〇四年の旅順港の閉塞《へいそく》作戦中に戦死した広瀬武夫《ひろせたけお》海軍少佐《しょうさ》（死後中《ちゅう》佐《さ》）で、当時の新聞に「軍神」の文字がおどった。日中戦争で三八年に戦死した西住小次郎《にしずみこじろう》戦車長（死後大尉《たいい》）以降は、軍が公式に軍神を指定するようになり、太平洋戦争が始まると死後の二階級特進が制度化され、軍神を描《えが》く小説や映画が国民に歓《かん》迎《げい》された。日露《にちろ》戦争で旅順攻撃《こうげき》を指揮した乃木希典《のぎまれすけ》第三軍司令官や、日本海海戦を指揮した東《とう》郷平八郎《ごうへいはちろう》連合艦《れんごうかん》隊司令長官は戦死はしなかったが、その死後に軍神とされて各地の神社に祀られた。

この作品も、その影響《えいきょう》を受けているという意見が多かったけれど、実はその逆で、よく読むと、軍国化する当時の日本を、婉曲《えんきょく》に批判していることがわかります。かつ子さんの話を聞いて、俄然《がぜん》ナポレオンに興味を持ったコペル君に対し、叔父《おじ》さんはこんなことを書いています。

ナポレオンは、そのすばらしい活動力で、いったい何をなしとげたのか。コペル君、なにもナポレオンについてだけではない、こういう風に質問して見ることは、どんな偉人《いじん》や英雄《えいゆう》についても必要なことなのだよ。偉人《いじん》とか英雄《えいゆう》とかいわれる人々は、みんな非凡《ひぼん》な人たちだ。普通《ふつう》の人以上の能力をもち、普通《ふつう》の人には出来ないことを仕遂《しと》げた人々だ。普通《ふつう》の人以上だという点で、その人たちは、みんな、僕《ぼく》たちに頭を下げさせるだけのものをちゃんともっているんだ。しかし、僕《ぼく》たちは、一応はその人々に頭を下げた上で、彼《かれ》らがその非凡《ひぼん》の能力を使って、いったい何をなしとげたのか、また、彼《かれ》らのやった非凡《ひぼん》なこととは、いったい何の役に立っているのかと、大胆《だいたん》に質問して見なければいけない。非凡《ひぼん》な能力で非《ひ》

凡《ぼん》な悪事をなしとげるということも、あり得ないことではないんだ。（同前）

時代背景を考えると、叔父《おじ》さんが誰《だれ》のことをさして「偉人《いじん》とか英雄《えいゆう》とかいわれる人々」と言っているのか、わかりますね。叔父《おじ》さんは、ナポレオンの人生と彼《かれ》のしたことを仔細《しさい》に綴《つづ》った後、ロシア遠征《えんせい》で命を落とした六十万人の外国人部隊の末路に触《ふ》れて、次のように指摘《してき》しています。

六十万の人々には、それぞれ家族もあれば、友だちもある。だから、ただ六十万人が死んでいったばかりでなく、その上になお生きている何百万という人々が、あきらめ切れない、つらい涙《なみだ》を流したのだ。

ここまで来れば――、そうだ、これほどまで多くの人々を苦しめる人間となってしまった以上は、ナポレオンの権勢も、もう、世の中の正しい進歩にとって有害なものと化してしまったわけだ。遅《おそ》かれ早かれ、ナポレオンの没落《ぼつらく》することは

もう避《さ》けられない。そして、歴史は事実その通りに進行していった。コペル君。ナポレオンの一生を、これだけ吟味《ぎんみ》して見れば、もう僕《ぼく》たちには、はっきりとわかるね。

英雄《えいゆう》とか偉人《いじん》とかいわれている人々の中で、本当に尊敬が出来るのは、人類の進歩に役立った人だけだ。そして、彼《かれ》らの非凡《ひぼん》な事業のうち、真に値打のあるものは、ただこの流れに沿って行われた事業だけだ。(同前)

最後の部分は、本の中でも太字で強調されています。太字が用いられているのは、ここだけです。つまり、これは戦争を肯定《こうてい》するために書かれたものでなく、軍国主義に警鐘《けいしょう》を鳴らすために書かれたものなのです。

戦争を全面的に否定するような本を出版することがどんどん難しくなっていくなかで、作者は慎重《しんちょう》に言葉を選びながら、真の英雄《えいゆう》とは何か、多くの人の命を奪《うば》う戦争がいかに愚《おろ》かしいか、ということを読者に考えさせる仕掛《しか》けとして、ナポレオンの話を取り上げているのです。

この章（**五「ナポレオンと四人の少年」**）には、ナポレオンが敵兵の勇敢《ゆうかん》さを称賛《しょうさん》した話のほかに、捕《と》らわれの身となっても誇《ほこ》りを失わなかったナポレオンに、敵国であるイギリスの人々が敬意を表したというエピソードも描《えが》かれています。敵国人であったとしても、よいところはよいと認め、尊敬の念をもって接する必要があることを伝えるために盛り込《こ》んだのだろう、と私は思います。当時の日本軍は、捕虜《ほりょ》を虐待《ぎゃくたい》したりして、敵の兵隊を敬《うやま》うことがなかった。そういう姿勢を、暗に批判していたのです。

また、負けるとわかっていながらナポレオンは最後まで戦い続けたという話も、その裏には、世の中が大きな流れに飲まれていこうとしているとき、立ち止まって考え、流れに抵抗《ていこう》することも必要なのではないかということを伝えたかったのだろう、と私は読みました。だからこそ、こんな文章でノートを締《し》めくくっているのだと思います。

君も大人になってゆくと、よい心がけをもっていながら、弱いばかりにその心がけを生かし切れないでいる、小さな善人がどんなに多いかということを、おいおいに知って来るだろう。世間には、悪い人ではないが、弱いばかりに、自分にも

他人にも余計な不幸を招いている人が決して少なくない。人類の進歩と結びつかない英雄《えいゆう》的精神も空しいが、英雄的《えいゆうてき》な気魄《きはく》を欠いた善良さも、同じように空しいことが多いのだ。

君も、いまに、きっと思いあたることがあるだろう。（同前）

悪いことだとわかっていても、声を上げない〝小さな善人〟であることは、仕方がないでは済まされない、ということです。

「本を読む」ということ

ナポレオンに限らず、歴史の転換点《てんかんてん》で活躍《かつやく》した人物は、後世にその名が残ります。そういう人物は「英雄《えいゆう》」といわれ、あたかもその英雄《えいゆう》によって歴史が動いたかのように語られることが多いものです。しかし、本当にそうだったのでしょうか。

英雄《えいゆう》がいたから、歴史が動いたのか。それとも歴史が動くなかで、たまたま英雄《えいゆう》が

おじさんのノート

出てきたのか。あるいは、その人が偉大《いだい》だから後世に名を残したのか。そうではなくて、その人のなかに英雄的《えいゆうてき》なものを見た後世の人々が、英雄《えいゆう》としての像をつくり上げていったのか。「歴史をどう評価するのか」――これは、歴史学における古くからの争点の一つです。

歴史の勉強をするとき、特定の人物の名前が出てくると、確かに覚えやすいものです。歴史を研究したり、教えたりする人も、特定の人物を中心に語ると、話を整理しやすい。しかし、本当にその人たちが歴史を動かし、歴史を築いてきたのかというと、実際はそうでなかったりもします。たまたま名前が残っただけ、ということもある。ぜひ、そうした問題意識をもって勉強してみてください。

このように見ていくと、一冊の本から、ずいぶんといろいろなことを学べることがわかりますね。いまはインターネットやスマートフォン（スマホ）が普及《ふきゅう》して、何でも手軽に調べられるようになりました。自分で考えなくても、すぐに答えが手に入る。でも、答えを知ることと学ぶことは違《ちが》います。

私もスマホは持っています。でも、あまり開かないようにしています。私の友人に

ツイッターの神様のような人がいて、ツイッターをやるようずいぶん勧《すす》められました。しかし、ツイッターをやる暇《ひま》があったら思索《しさく》に時間を割《さ》いたほうがよい、というのが私の考えです。そうしたら最近、その彼《かれ》から「池上さん、やらなくて正解です」と言われました。なぜなら、「ツイッターをやっていると、とにかく悪口ばかりたくさん来て、いちいちそれに反応していると精神的に本当にくたびれる」のだそうです。それならば、本を読むほうがずっと有意義《ゆういぎ》でしょう。

そして本を読んだあと、自分で考えてみる時間を取るということは、とても大事なことです。コペル君も、いろいろな経験をしたあと、そのことについてじっくり考えていましたね。叔父《おじ》さんに相談し、いろいろなヒントをもらって、さらに考えていた。ときには考えたことを手紙にしたためたり、ノートにまとめたりしていましたね。文章にすることによって、考えをまとめていく。これも必要なことです。そういう時間を、ぜひあなたにもとってほしいと思います。

読み方を深めるスキル

今回は『君たちはどう生きるか』を読んで感じたこと、考えたことを、みなさんと話し合いました。こうした場を持つと、同じ本を読んでも、一人ひとり読み方が違《ちが》うことがわかってきます。

ほかの人の意見を聞いて、「え？　そんな読み方もあるのか」という発見や、さまざまな気付きがあったと思います。みんなで一緒《いっしょ》に読むことによって、異なる視点や考え方があることを知る。これも非常に大切なことだと思います。

私の中学時代の同級生に読書好きがいて、よく一緒《いっしょ》に読書会をしていました。同級生があまり読まないような本を彼《かれ》が読んでいたりすると、「お、こんな本を読んでいるのか」と、自分も同じ本を読んでみたりして、とても刺激《しげき》になりました。

いまは、なかなかそういう機会がないかもしれないけれど、みなさんにもそういう読書体験を積み重ねてほしいと思います。

同じ本を読んだ人の感想を聞くと、正反対の受けとめ方をしている人もいるし、「そんなこと、書いてあったかな?」という部分もあるでしょう。話し合ったあとに、ぜひ、もう一度読み返してみてください。

すると、最初に読んだときとは違《ちが》う印象を受けたり、最初はさらっと読み過ごした部分に作者の意図が透《す》けて見えたり、読み方がどんどん深くなる。本というのは、そのようにして読むものです。

なかには、二度読む気にはなれない本もあると思います。話題になったり、ベストセラーになったりした本でも、二度読む気になれないものは、やがて消えていきます。

なぜ、この『君たちはどう生きるか』が八十年間も読み継《つ》がれてきたかといえば、いろいろな読み方ができ、読むたびに新たな発見があるから、それだけの深みがあるものだからです。時代が変わっても、読む人の心を動かし、また読みたい、ほかの人にも読んでほしいと思えるような作品だからこそ、「古典」としていまに残っているのです。

わざわざ古い本を読まなくても、新しい本がどんどん出ているし、書評を読めば、

それがよい本かどうかは察しがつく、という人もいるかもしれません。しかし、新刊の書評は、その時々の評価であって、長く読み継《つ》がれるだけの価値があるかどうかはわかりません。時代を越《こ》えて読み継《つ》がれてきた古典は、間違《まちが》いなく得るものがあり、安心して読むことができます。難解なものもありますが、何を読むか迷ったら、まずは古典を読むのがいいと思います。

――コペル君の叔父《おじ》さんのような、深い知識や見識を身につけるにはどうしたらいいのでしょうか？

それは経験を積むしかありません。第一段階として、みなさんのそれぞれがコペル君の叔父《おじ》さんのような存在を見つけてみてはどうでしょう。親戚《しんせき》や知り合い、学校の先生など、身近な大人とたくさん話をして、探してみるといいと思います。相談に乗ってくれたり、自分にはない知識やものの見方を教えてくれたりする、いわゆる「メンター*」と呼ばれる存在は、意外に自分の〝斜《なな》め上〟にいるものです。た

＊メンター

優れた指導者・助言者・相談相手。知識や人生経験の豊かなメンター（先輩《せんぱい》）が、未熟なメンティ（後輩《こうはい》）の抱《かか》える問題や悩《なや》みを聞いて、その解決を図り、メンティの成長をサポートする。そのとき、メンターは一方的に解決方法を示すのではなく、双方向《そうほうこう》の会話を通じてメンティ自身が解決へ向けての意思決定を行い、実際に行動に移せるように支援《しえん》する。日本でもこの制度を採用する企業《きぎょう》が出てきているが、その場合のメンターは直属の上司ではない。

とえば、会社であれば、直属の上司や先輩《せんぱい》ではなく、ほかの部署の先輩《せんぱい》や、社内のサークル活動で一緒《いっしょ》になった先輩《せんぱい》。大学でも、同じゼミの先生や先輩《せんぱい》ではなく、他のゼミの先生や先輩《せんぱい》など。

コペル君にとっての叔父《おじ》さんというのも、まさに斜《なな》めの関係ですね。親子だと話しづらいことも、叔父《おじ》さんになら話せるという人も多いのではないですか。斜《なな》めの関係にある年上の人で、よく本を読んでいる人を探してみてはどうでしょう。

そして、「君たちはどう生きるか」

それでは授業を終えるにあたって、この本のタイトルについて考えてみたいと思います。事前にいただいた感想文でも何人かがコメントしていました。たしかに、ちょっと珍《めずら》しいかもしれませんね。

いま、本屋に行くと「○○は、○○だ」とか「○○したいなら、○○はやめなさい」というような断定調のタイトルの本がずらりと並んでいます。でも、この本は「どう生きるか」と問いかけている。「こう生きるべきだ」と断定するのではなく、まさに「どう生きるか」を読者一人ひとりが考えてほしい、ということです。

この問いかけに対し、物語の最後にコペル君は、コペル君なりの答えを出します。

僕《ぼく》は、すべての人がおたがいによい友だちであるような、そういう世の中が来なければいけないと思います。人類は今まで進歩して来たのですから、きっと今にそういう世の中に行きつくだろうと思います。そして僕《ぼく》は、それに役立つような人間になりたいと思います。（十 春の朝）

しかし作者は、君たちもコペル君と同じように考えて生きていかなくてはならないとか、そうあってほしいとは書いていません。なぜならば、みんながそれぞれに考えることだからです。

――自分はどう生きるかと考えたとき、「世界に一つだけの花」の歌詞が浮《う》かびま

した。でも「オンリーワンであればいい」とは言うものの、それが難しい気がするのですが……。

いいえ、それは決して難しいことではありません。なぜなら、君がすでにオンリーワンだから。この世に君のクローンはいない。みんな、生まれながらにオンリーワンなのです。

誰《だれ》にもできないことができる、という意味でのオンリーワンではないかもしれません。自分と同じようなことを考え、自分と同じようなことができる人はたくさんいる。自分なんてちっぽけな存在で、そんな自分がこの世に存在していることに、一体どんな意味があるのだろうと思うこともあるでしょう。私もかつてはそうでした。

残念ながら、学校では成績で順番が付きます。しかし、たとえ成績順では下かもしれないけれど、これに関してはあいつに負けない、というものがきっとあるでしょう。さらに言えば、社会に出たら学生時代の成績など何の意味もありません。居場所が変われば、ものさしが変わり、評価も変わる。評価は絶対ではないのです。

では、何が違《ちが》いを生むのでしょうか。それがまさに「どう生きるか」という部分です。自分で考えて選んだ生き方は、オンリーワンである。似たような生き方を選んだ人がいたとしても、考えたプロセスが違《ちが》えば、それは同じではないのです。

ただ、生まれながらにオンリーワンだと言いましたが、それは決して〝いまのまま〟でよいという意味ではありません。よく生きるには、努力が必要です。そして、将来どう生きるかの土台となる部分を、みなさんは、まさにいまつくっているのです。

物事を深く考え、専門分野を極めていける人を「T型人間」と言います。さまざまな分野について学び、幅広《はばひろ》い知識や見識をもったうえで、自分の専門分野を深く掘《ほ》り下げていく人。これがアルファベットの「T」のようだということで、T型人間という。君たちはいま、Tの横の線を広げたり、太くしたりしていっている途中《とちゅう》です。

Tという字のバランスを考えてみてください。横線が細く、短ければ、縦線もそれなりの長さ、太さにしか書けませんね。逆も然《しか》り。若い頃《ころ》に幅広《はばひろ》く勉強し、自分で考えることをした人は、これぞと思う研究テーマや仕事を見つけたとき、深く掘《ほ》り下げていくことができる。ほかの分野に興味が転じたとしても、横線がしっかりしていれ

ば、新しい場所でもよい仕事ができるのです。

コペル君の叔父《おじ》さんは、まさにT型人間でした。専門は法学だけれど、天文学や物理学、経済学や歴史にも通じ、自分なりの考えをもっていました。理系だから文系の勉強は要らない、文系だから理系の勉強はほどほどでいい、ということはないのです。受験勉強に関係ない本は読まなくてもいい、ということはありません。

こうしたことも心に留めて、みなさんには、これからたくさんのよい本と出合い、実り豊かな読書体験を積んでいってほしいと思います。

『君たちはどう生きるか』の最後の言葉はこうです。


コペル君は、こういう考えで生きてゆくようになりました。そして長い長いお話も、ひとまずこれで終りです。

そこで、最後に、みなさんにおたずねしたいと思います。——

君たちは、どう生きるか。（同前）

みなさんにも、ぜひ考えてほしいと思います。

2017年7月7日、武蔵《むさし》高等学校中学校にて。生徒たち31名と

特別授業を受けて――生徒たちの感想

生徒A

私は今回の特別授業を受けて本の面白さを改めて感じた。一冊の本でもさまざまな楽しみ方があること、そして異なる視点から読めば、一冊の本でも無限に楽しむことができることを知り、とても嬉《うれ》しく思った。今回「本」への考え方が変わったことを機に、今までに読んだ本を違《ちが》う視点から読み返したり、これから読む本もいろいろなことを考えながら読もうと思った。

生徒B

とても記憶《きおく》に残っている言葉として、池上さんがツイッターを「やらなくて正解です」と言われた、というものがありました。私は最近ツイッターをすることが増えていたので意識的に減らしてみたところ、画面を見ているよりは比較的《ひかくてき》新しい発見があり、有意義な時間となっていることを実感しています。景色などを見て、新しい発見をすることが、長く生きた感覚になれる方法なのでしょうね。

生徒C

私は授業を受けたあと、広い視野を持ち、横に長い知識を持つ「人間」が立派な人間だと考えるようになった。なぜなら、広い視野を持っていれば、普段《ふだん》あたりまえのことにまで目を向けることができ、横に長い知識があれば、一部を深く掘《ほ》り下げるときも楽になるからだ。

生徒D

私は授業中、とても悩《なや》んでいました。なぜ事前に準備をしておかなかったのかなどと後悔《こうかい》しました。今回の授業は、受けるのではなく参加する、自分から考え動かなければならないものでした。感想というか反省になってしまいましたが、よい経験になりました。

生徒E

今回、僕《ぼく》は一回も発言できなかったことを後悔《こうかい》しています。まず僕《ぼく》はもう少し積極的になろうと思いました。貴重な時間を過ごせました。

生徒F

本の最後で筆者は「君たちはどう生きるか」とズバリと問いかけます。「君たちはどう生きるべきか」と決まりきった答えを求めるのではありません。授業で私は、この点について発言しました。「どう生きるべきか」ならば、英語で言えばshouldを使った言い方で、規範《きはん》的《てき》、教訓的な感じがします。「どう生きるか」は、現在の事実や習慣を表す現在形を使っていて、力強さがあります。ここには筆者の「君たちが選んだ生き方を応援《おうえん》するよ」という読者へのメッセージが圧縮されていると感じます。

生徒G

池上さんが「省線電車」って何だろうと問うたことが印象に残っています。いつもは、本を読んでいる間にわからない言葉が出てきても、その意味など考えたこともありませんでした。わからない言葉が出てきたらすぐに調べて知識として定着させる。あたりまえのことかもしれませんが、意識して確認することが大事だと思いました。

生徒H

この本でコペル君は、自分で感じたことについて、じっくりと考え、おじさんに助言をもらうと、さらにそこから考えてノートにまとめている。僕《ぼく》はわからないとすぐ他人に尋《たず》ねたり、グーグルで調べたり、ニュースなどの解説に頼《たよ》ってしまうが、まず自分で考え、それから他のもので情報を得て、さらにじっくり考えてまとめてみたいと思った。

生徒I

授業を受け、ガンダーラの仏像が東西文化の融合《ゆうごう》によって作られた一方で、なぜ民族間の対立により戦争が勃発《ぼっぱつ》するのか考えてみた。一つは、一神教が台頭し、十字軍のように多宗教、多民族を排他的《はいたてき》に扱い、民族ごとの結束力が強まったから。一つは、第二次世界大戦が終結し、列強の支配を受けていた国々が独立して逆に民族同士が戦闘《せんとう》しやすい状況《じょうきょう》へと変化したからだと思う。

生徒J

僕は今後の世界情勢が不安定になったとしても、太平洋戦争時のように世間に流されるのではなく、一人一人がきちんと理にかなっているか考えて行動することが重要だと思った。

生徒K

僕は今回の授業を通して一度読んだ本について考え直し、自分なりの意見を再び持つことができた。また、他の人から貴重な意見を得ることができたことを本当にうれしく思っており、仲間と意見を交換《こうかん》することの大切さを知った。

生徒L

「自分はどう生きるか」を考えるうえで、他の人の意見がとても重要だということを知った。授業のなかで感想を発表し合っているとき、同じシーンに対して、みな着目する点が違《ちが》い、考えることもそれぞれであることに気づいた。とくにナポレオンから何が言えるかという話題で、肯定的《こうていてき》な意見と否定的な意見の両方が飛び交った。しかし、すべての意見のなかから、作者の言いたかったことを読み解くヒントが得られ、自分で読むのとは違《ちが》う物語の面白さに気づくことができた。

生徒M

僕が今回の授業を通して思ったことは、たった一つの本をただ読むのと、一文一文深く考えながら読むのとでは大きな違《ちが》いがあることです。僕《ぼく》が読んだときはただ読むだけでしたが、友だちなどとこの本について考え、話すと何時間でも語り合うことができました。それほど筆者のこの本に対する思いが強いということも知りました。

生徒N

縦のつながりの人より斜《なな》めのつながりを大事にしたほうがよいと聞いたのをよく覚えています。会社なら直属の上司より他の部の人のほうがいろいろなことを教えてくれるということです。やはり人間は、大人になるとプライドが大事になり、素直に目下の者の面倒《めんどう》を見てあげたり、仕事のうまいやり方を教えてあげることができなくなってしまうのかと思いました。

生徒O

僕たちは「議論」において大切なことを教わった。それは定義をしっかりと決めることだ。おのおのが思い描《えが》いている言葉の定義が異なるのでは議論を進めることはできない。わかりきっていることだが、意外に注意している人は少ない。

生徒P

僕が一番考えさせられたことは、この本が著《あらわ》された当時の時代背景と、この本に込《こ》められた著者の意見との関係についてである。この本が著された当時は日中戦争が勃発《ぼっぱつ》し、次第に物言えぬ社会となっていくなか、著者はその自由性、多様性を失っていく日本社会に対して、自由で裕福《ゆうふく》な少年コペル君のさまざまな経験、おじさんのノートの内容に皮肉、批判の意を込《こ》めているところから、著者の自由、平和を求める強い願いを感じた。

生徒Q

生きていくのに必死で、先のことは考えられなかったかもしれない。そのようなときに書かれた本が、私に、すべての若い人が自分はどう生きようかと考えさせられるものだと感じさせたのは、筆者が誰《だれ》もが自分の将来について考え、目標が持てるようであるべきだと信じ、

生徒R

未来への希望を持ちながら、この本を書いたからだと思っている。言いたいことはあったが、言い出せなかった。なぜなら、先に発言した人に比べて僕の考えは浅はかだなと思ってしまい、池上さんがその意見について深めていくのに、自分の意見では無理だと感じてしまったからだ。自信を持って発言できるよう、最初からもっと深く読めていたらよかった。

生徒S

僕は池上さんへの質問として、「世界平和は実現可能か」を聞こうと思っていました。時間内に聞けませんでしたが、その答えは見えたような気がします。きっと池上さんは、この社会を「世界平和」に近づけるために一生懸命《けんめい》働いているのだろうと思いました。そして、この本の作者の吉野源三郎《よしのげんざぶろう》も同じ考えだったのではないかと思います。僕たち若者は、そうした期待を理解して生きていかなければなりません。

生徒T

最も印象に残っているのは、池上さんが授業のはじめから、本の内容とその本が書かれた時代背景を絡《から》めて話し出したことだった。自分がまったく意識していない方面から話したことは、僕にとってとても衝撃《しょうげき》的であった。僕はもともと本を読むとき、本を著者で選んだことはほとんどなかった。しかし今回のように、著者の人生について考えることでこんなにも新しい視点でこの本を楽しめるのかと思うと、とても興味がわいた。今後、今回のように人との本の読み方の違《ちが》いについて話し合ってみたい。

生徒U

今の社会には、メディアからの一方的な情報をうのみにして思考するのをやめた人が多いように感じる。たしかに数が多いほうにつくのは楽である。しかし本当にそれでよいのか。いろいろな情報が行き交い、簡単に入手できる今だからこそ、その情報を取捨選択《せんたく》し、自分のしんを持つことが大切だと思う。

※授業後、学校に提出された感想文より抜粋《ばっすい》して掲載《けいさい》しました。

Special Thanks（武蔵高等学校中学校でご協力いただいたみなさん。敬称略）

石橋圭太、加藤 祐、杉本直人、髙見澤 蓮、中原 希、中村 颯、西森 潔、橋谷田 聖、
原口 峻、前田智成、光本智亮、茂木福京、筒子亮太、渡辺士恩（以上、中学 2年生）
新井雅丈、井口琢磨、井口颯人、石橋 遼、上野裕大、小林昌博、小紫龍志、
春藤智紀、大郷駿介、中村麟太郎、波多野 圭、日暮 隼、藤本夏輝、二木 翔、
三谷聖一郎、宮本恵太、山神 開（以上、中学 3年生）

編集協力／大旗規子、北崎隆雄、福田光一、小坂克枝
表紙・本文イラスト／竹田嘉文
授業撮影／丸山 光、川畑里菜
図版作成／小林惑名
協力／ NHK エデュケーショナル
図書館版制作協力／松尾里央、石川守延（ナイスク）
図書館版表紙デザイン・本文組版／佐々木志帆、小池那緒子（ナイスク）

本書は、2017 年 7 月 7 日に東京の武蔵高等学校中学校で行われた「池上彰 特別授業」をもとに、加筆を施したうえで構成したものです。なお引用については、吉野源三郎『君たちはどう生きるか』（岩波文庫、第 74 刷）に拠っています。編集部で適宜ルビを入れたところがあります。このテーマの放送はありません。

池上 彰（いけがみ・あきら）

1950年長野県生まれ。ジャーナリスト。慶應義塾大学経済学部卒業後、73年にNHK入局。報道記者、キャスターを歴任。94年から11年間、「週刊こどもニュース」でお父さん役を務め、わかりやすい解説で話題になる。2005年に退職後、フリージャーナリストとして活躍。現在、東京工業大学特命教授、名城大学教授などを務める。著書に『おとなの教養』『はじめてのサイエンス』『見通す力』『伝える力』『世界を変えた10冊の本』など多数。

図書館版 NHK100分de名著　読書の学校

池上彰 特別授業『君たちはどう生きるか』

2019年2月20日　第1刷発行

著　者　池上彰

発行者　森永公紀

発行所　NHK出版

〒150-8081 東京都渋谷区宇田川町41-1

電話　0570-002-042（編集）

0570-000-321（注文）

ホームページ　http://www.nhk-book.co.jp

振替　00110-1-49701

印刷・製本　廣済堂

Printed in Japan

ISBN978-4-14-081765-0　C0090